愛されたくない

愛《あい》されたくない

夜光《やこう》 花《はな》

ILLUSTRATION：佐々木久美子《ささきくみこ》

愛されたくない

LYNX ROMANCE

CONTENTS

愛されたくない

昔の恥ずかしかった行為を話せと言われたら、間違いなく真っ先に頭に浮かんでくる記憶がある。

若げの至りといえば聞こえはいいが、思い返すたびに、自分の痛々しさにも、相手の幼さにも赤面する思いだ。

井澤恵《いざわけい》は、ぼんやりとテレビの画面を眺め、震える息を吐いた。テレビでは地雷撤去に貢献した男が出て来て、インタビューを受けている。男は八年間ボランティア活動を続け、画期的な製品も開発したらしい。自分には到底出来ない真似《まね》だなと思い、内ポケットの煙草を探した。

時々ふと思い出す。

あの時あんな約束をしてしまって、本当によかったのだろうか、と――。

＊＊＊

放課後の廊下は、全体的にうっすらとオレンジ色に染まっていた。

「ここが君の入るクラスだよ」

井澤恵は背広姿の男について歩き、これから一年間世話になる校舎を見てまわっていた。まだ下校前の生徒が校舎には残っていて、恵とすれ違うたびに興味深そうな顔で振り返っていく。この学校の制服がまだ届かず、他校の制服を着ているからだろう。学ランの男子生徒の中にあって、ブレザー姿の恵は浮いていた。

皆の目に書いてある、もしかして転校生かと。

すっきりとした恵の容姿は大人しく見られがちであまり目立たないが、やはり違う制服を着ている生徒は人々の視線を引く。

「それにしても、この時期に転校なんて珍しいなぁ。受験の年なのに、いろいろ大変だったみたいだね。何かあったら遠慮なく相談に来るといいよ」

恵を受け持つことが決まっている担任の須崎《すざき》は、細身の柔和な顔立ちをしたメガネの教員だった。すでに書類が届いているはずだから、恵の家庭の事情も知っているに違いない。半年前に父親が病気で他界し、進学校からレベルを落としてこの学校へ転校したのを同情しているのだろう。

「お世話になるかもしれません。その時はよろしくお願いします」

如才ない笑みを浮かべ、恵は窓の向こうへ目を向けた。校庭からは野球部が練習しているのか、部員のかけ声とバットに球が当たる音が響いていた。恵が転校してきたこの朝陽第一《あさひだいいち》高校は、野球部が強いと聞いている。

「井澤君は部活動はやるつもりなの？　まぁ受験生だし帰宅部のほうがいいかもしれないねぇ。でももしどこか入りたい部があるのなら…」

須崎の話を聞きながら、長い廊下を歩いていた。校内はほぼ見てまわり、後は体育館や中庭といった校舎外のところを案内してもらうだけだった。

「ん…」

職員室のドアから離れ、トイレの脇を通り過ぎようとした時だ。女子トイレの前でしゃがみ込んでいる生徒がいて、顔を上げた。男子生徒はちらりと須崎を見やり、次にすうっと吸い込まれるように恵に視線を注いだ。

「三神《みかみ》か…」

男子生徒を見やり、一瞬だけ須崎が顔を顰《しか》めた。須崎の表情から三神と呼ばれた生徒が、あまり教師に好かれていないと見当がついた。

整った顔をしているが少し猫背で、鋭い目つきをした男子生徒だった。あまり素行はよくないに違いない。髪はゆるくウエーブがかかっている上に、両耳にピアスをいくつもしている。白いシャツは上から三つくらいボタンがはだけているし、履いている上履きもかかとを踏み潰《つぶ》していた。

何よりも印象的なのは、恵をじっと見つめてくる目だった。瞬《まばた》き一つしないで、こちらが目を逸《そ》らしてもしつこく見てくる。パッと見て分かった。関《かか》わり合いにならないほうがいいタイプだ。

恵は瞬時に判断して、立ち止まった須崎を促すように歩き出した。

「先生」

　恵につられて歩き出した須崎だが、しゃがみ込んでいた三神が立ち上がって声をかけてきたことで、立ち止まるのを余儀なくされた。

「何だ、三神」

「転校生ですか…？」

　ポケットに手を突っ込んだまま、三神が近づいてくる。立ち上がると身長がかなり高いのが分かった。恵が見上げるくらいだから、百八十センチはあるだろう。言葉つきは丁寧だが、冷めた目つきで須崎を眺め、ポケットに手を入れたままだ。

「ああ、明日から同じクラスだ。井澤恵君。井澤君、この子は三神恭《きょう》」

　仕方なさそうに須崎が恵を紹介した。須崎が目の前の生徒に対して、あまり好意的じゃないのを隠そうとしないのに恵は少し驚いた。それほどに問題児ということなのだろう。

「へぇ…。先生、俺《おれ》が校舎の案内しましょうか」

　じろじろと恵を見つめ、三神がいきなり須崎に告げた。須崎は目を丸くして「は？」と声を上げる。

「教師がやるより、同じクラスの俺がやればいいでしょ。おい、俺が案内してやるよ」

　三神の手が恵の腕に絡み、やや強引に歩き出そうとした。

「お前が？　しかし…」

「いいでしょ、先生」

頷《うなず》くのが当たり前とでも思っているみたいに、三神が恵の腕を引っ張る。

教師の答えを待たずに、恵は笑顔でするりと三神の腕を解《ほど》いた。身体《からだ》を引き離されて、三神が驚いた顔で恵を見る。

「三神君…だっけ？　もう校舎は案内してもらったからいいよ。心遣い、ありがとう」

あくまで社交辞令的な笑みで返し、恵は須崎に軽く会釈した。

「先生、もう後は大体分かるので結構です。お時間とらせてすみませんでした」

ぽかんとしている須崎に告げ、恵は二人に背中を向けさっさと歩き出した。

目が合った瞬間、分かった。

あの男とは合わない。

転校初日に会ったクラスメートが友達になりたくないタイプだというのは、恵にとって幸先《さいさき》の悪いスタートだった。けれどこれまでもどこにいてもそれなりに円滑な人間関係を築いてきた。この学校でも上手《うま》くやっていく自信はある。

明日からのことを考えながら下駄箱へ歩いていた時だ。ふいに背後からぶつかるように肩に腕をまわされ、恵は目を見開いて振り返った。

「待てよ、なぁ…。俺が案内してやるから、つき合えよ」

ほとんど抱きつく形で三神が頭を近づけてくる。三神は相変わらず恵の顔を食い入るほど凝視して、こちらが辟易《へきえき》するほどだった。

「お前さぁ…。お前の顔さぁ…」

穴が空きそうなほど、見つめたあげく、三神がいきなり頬《ほお》に触れてこようとする。過剰なスキンシップを初対面の人間にされ、恵は少し強めに三神を押し返した。

「俺の顔が何？　馴《な》れ馴《な》れしいのは好きじゃないんだけど」

三神から一歩離れ、冷めた目で見返す。

三神と視線がかち合い、微妙な間が生まれた。その空気を遮るように甘ったるい女の子の声がして、恵と三神の間に誰《だれ》かが割って入って来た。

「ひどいよぉ、恭ちゃん！　待っててって言ったのにぃ」

セーラー服の女の子は三神の彼女なのか、媚《こ》びるような目つきで三神の腕に絡みついている。先ほど女子トイレの前にいたのは、この子を待っていたからだろう。

「恭ちゃんたらぁ」

「…うるせぇよ、お前」

低く三神が呟《つぶや》く。明るい声でまとわりついていた女の子が、とたんにびくっとした顔で大人しくなった。

「どっか行け、邪魔だ」

三神が冷たい声で言い放つと、泣きそうな顔で女の子が何か必死に言い募っている。呆《あき》れた顔で恵は視線を逸らし、二人を置いて歩き出した。いかにも自分と性格の合わなさそうな三神と関わりになりたくない。

「おい、待てよ、お前…っ」

背後から三神が声をかけてきたが、恵は無視して歩いた。初日から変な男に引っかかってしまった。ここでは穏やかに暮らしたいと思っているのに、ああいう男がいるなら気をつけなければならない。

新しい学校に転校すると決めた時から、今までの自分を捨てたいと思っていた。

誰にも束縛されたくない。

もっと強い自分に生まれ変わりたい。

恵は前だけを見て歩き続けた。


転校初日に一抹の不安を感じたものの、翌日からの生活はさほど悪いものではなかった。

恵が入った三年三組は、他《ほか》のクラスに比べ大人しい生徒が多く、転校生だからといってからかうような人間もいなかった。

三学年の五月に入って来たということで興味の対象にはなったが、父親が亡くなった話をすると誰もが同情してくれた。恵はもともと人見知りするようなタイプではなかったので、一ヶ月もするところのクラスに馴染《なじ》み始めた。中でも加田《かだ》と山尾《やまお》という男子生徒とは気が合い、学校帰りに遊びに行くほど打ち解けることが出来た。

問題はほとんどない。

あるとすれば、初日に出会った三神という生徒のことだけだった。

「俺の気のせいかさぁ、三神ってなーんか井澤のこといつも見てねぇ？」

その日中庭で昼食をとりながら、前から気になっていたという口調で加田が言い出した。加田はサッカー部の主将でもある背の高い生徒で、甘い顔立ちをしているせいか女子生徒には人気抜群だという。

「あ、俺も思った。あいつやべーから気をつけろよ」

加田の言葉に同調して山尾も頷く。山尾はテニス部のエースで、県内ではトップクラスの腕前らしい。

「やばいって…何かあるのか？」

昼食のパンを食べ終えた恵は、パック牛乳をくわえながら二人に尋ねた。

　初日に会って以来、三神は恵に話しかけてこない。それはおそらく恵がなるべく接点を持たないようにと三神を避けているためだろう。時々睨《にら》みつけるように恵を見ることはあっても、声はかけてこなかった。

　三神という生徒は、はたから見る限りクラスでは浮いた存在だった。

　男の友人はいないのか、いつも傍《そば》にいるのは女の子たちばかりだ。その姿はさながらカリスマボーカルに群がるグルーピーのようで、見ていて奇異に映った。三神に男の友達がいないのは、本人の性格のせいだけではなく、常に寄り添っている女の子たちのせいもあるかもしれない。

「三神っていつも女の子がまとわりついてるだろ。妊娠させて流産させせたって噂《うわさ》もあるくらいだぜ」

　山尾がおかしそうな顔で喋《しゃべ》り出す。

「ま、ぶっちゃけ周りの子って皆お手つきだろうし、同じ男としては羨《うらや》ましいぜ」

「やばいのは、そっちじゃねーだろ」

　加田が山尾の頭を軽く小突いてベンチに寄りかかる。

「三神って、キレやすいの。前もさ、教師に髪引っ張られただけで窓ガラス割っちまったくらいなんだぜ。も、すごかった。椅子《いす》持ち上げて、窓に叩《たた》きつけて。教師のほうがびびっちまって、逃げ出してやんの」

「……どうして髪を引っ張られたんだ？」

目を丸くして恵は空になったパックを手で潰した。

「ピアスしてるし、校則違反のパーマかけてるからだろ。天パですって言ってたけど、本当かどうか分かんねーな、ありゃ」

「他にもさ、教師に説教くらって二階の窓から飛び降りるし、他の生徒と喧嘩《けんか》して病院送りにするし、まぁ関わり合いになんねーほうがいいぜ。あんま他人に興味ねー奴《やつ》だけどな、なんか井澤のこと睨んでたの見えたから気になった」

加田と山尾の忠告に呆れて恵はうなじを掻《か》いた。

「どうしてそんな生徒が退学にならないんだ？」

初めて会った時に感じた印象の悪さは間違いではなかったと分かったものの、疑問も残った。三神という生徒、かなりの問題児らしいが、教師も生徒も遠巻きに見ているだけであまり注意をしている様子もなかった。

「寄付とか、すごいんだって」

山尾が弁当箱を片づけて小声で教えてくれる。

「三神って母親が佐倉佐緒里《さくらさおり》ってゆー女優。知ってる？」

「えっ？」

恵でも知っている女優の名前を挙げられて、思わず驚きの声を上げた。演技派の美人女優で、そういえば三神の顔に面影がある。

「どっかの社長と再婚したってゆーじゃん？　親としても子どもの不祥事は困るから、もみ消すためにもかーなーりー寄付してるって話」

「そうなんだ……」

「それに三神、すげぇ頭いいの」

紙クズをゴミ箱に放《ほう》り投げて加田がため息を吐《つ》く。中庭には食事を終えた生徒がちらほら顔を出していた。バドミントンをしている生徒もいる。

「何でうちに来たんだろってくらい、相当いいらしいぜ。特に理数系は全国でもトップレベルだって。キレやすいのは頭良すぎるせいじゃねーかって」

三神の話を聞くにつれ、恵は顔を曇らせて先々の不安を感じた。そんな男には近寄りたくない。このまま三神が声をかけないでいてくれることを祈るしかない。

「で？　何で三神の奴、井澤のこと睨んでんの？」

歩き出しながら二人に聞かれ、恵は初日に校内の案内を断った話をした。二人とも声を上げて驚き、じろじろと恵を見た。

「お前、度胸あんな。あいつの誘い断るなんて」

「つーか、あいつが案内とかありえねぇ。三神の奴、何考えてんだろな」

苦笑して恵が「さぁ」というと、そこから違う話になった。

近々行われる体育祭の話をしながら、ひそかに恵は三神という男について考えていた。

三神を嫌な感じだと思って敬遠したのは、三神の目が自分を苦しめた男と似ている気がしたからだ。

その時はインスピレーション的なものだったが、三神がキレやすいという話を聞き、自分の直感は間違っていなかったのだなと感じた。

(ともかく近寄らないのが吉だな)

集団生活を行う上で恵にとって一番大切なのは、目立たず騒がず、ということだ。

大学に入るまでの一年間を穏やかに過ごすためには、大人しくしているのが一番いい。

すっきりと晴れた青空を見て、恵は冷めた表情でそう決めた。


学校から帰宅すると2LDKのマンションは静かだった。母親は買い物に行っていたらしく、恵が自室で制服から私服に着替え終わった頃《ころ》、ただいまと大きな買い物袋を抱えて帰って来た。

「おかえり」

恵が出迎えると母は笑顔になって「ただいま」と顔を上げた。父親が亡くなって半年経《た》ち、母の顔は驚くくらい晴れやかになった。以前は暗い表情をしていたことが多かったのに、今はまるで枷《かせ》が外れたみたいによく笑う。

「聞いて。お母さん、駅前のスーパーでね、働くの。パートなんだけど、今日行ってみたら明日からでも来てくれですって」

冷蔵庫に買ってきた肉や野菜をつめながら、母が急《せ》き込むように言ってくる。恵は目を丸くした。

「面接に行って来たの？」

「そう、そうなの。本当はずっと迷ってて…。でも母さん働きたかったのよ、知ってるでしょう？ああ、働くのはお前が学校に行ってる間だから大丈夫よ」

誇らしげな顔で振り向いた母に恵も思わず笑顔になって頷いた。

「俺なら大丈夫だよ。それより受かってよかったね」

「やだわ、そんな大げさなもんじゃないから」

恵が褒めると、母は照れた顔つきでキッチンに立って夕食の仕度を始めた。その後ろ姿は分かりやすいほど浮き浮きしている。

「あらやだ、お醤油《しょうゆ》買い忘れちゃったわ」

「俺、買って来ようか？　ついでに母さんが勤めるとこ偵察してくるよ」

「そう？　じゃあお願い」

母から預かった金をポケットに入れ、恵はそのまま家を出て行った。外はもう薄暗く、夕焼けが広がっている。

(母さん…嬉《うれ》しそうだったな)

半年前亡くなった父は、妻には逆らうことを許さず、働きに出ることもみっともないと言って許さなかったのを恵も知っている。厳しい人で、恵にも口答えすることを認めなかった。父にはいい思い出がない。ありとあらゆることで束縛され、その上家に帰って来ても自由時間がないほどに指導を受けていた。父がいた頃、自分はロボットだったと思う。亡くなって初めて息が吸えるようになり、生きるのが楽しいということに気づいた。

「おっと…」

駅前のスーパーで醤油を買い、本屋に寄った後、曲がり道を曲がった時だ。暗い夜道の向こうから怪しい風体の男が近づいてくるのが見えた。男の下半身が露出され、それを通行人へ見せびらかすように歩いている。恵はサッと顔を背《そむ》け、急いで別の路地に入った。

(嫌なものに当たったな…)

小走りで自宅への道を急ぎ、今見た光景を忘れようと努めた。昔から変質者に会う機会が多く、自分でも嫌になるほどだった。

(早く帰ろう)

後ろから男が追いかけてくるような気がして、恵は知らず知らずのうちに速度を上げて歩いていた。

中間テストが終わると、生徒間ではにわかに受験の意識が高まり、少しずつ教室内はぴりぴりした雰囲気になっていった。

恵は一応進学するつもりだが、それほど高いレベルを狙《ねら》うつもりはなかったので、今さら塾を増やさなかった。何かやりたいものがあるわけでもないし、母に就職しようかなとこぼしたこともあるが、それは猛反対されて大学受験に励むことにした。金銭的には亡くなった父の保険金もあるし、以前住んでいた大きな家を売った金もあるから心配はしていなかった。

もし父が生きていたら、国立の大学でなければ許さないと言っただろうが、今はもういない。そういう意味では受験前に父が亡くなったのは、恵にとって幸運だ。我ながら実の父親に対して冷酷だと思わないでもないが、実際にそうなのだから仕方ない。

梅雨に入り、一部の熱心な部活動に励む生徒を除いて、大抵の生徒は授業が終わると塾や家庭教師の待つ自宅へ急ぐようになった。週三日塾に通っている恵は、塾がない日は駅前でぶらつくか家に戻って自習をしている。

その日も本屋で参考書でも買おうかと思いながら、自転車置き場へ向かっていた。小雨が降っている日で、恵もビニール傘を差していた。その視界に、カッパを被《かぶ》って三輪の手押し車を押している女子の姿が入ってきた。風雨でカッパのフードが脱げて、同じクラスの小椋《おぐら》という女子だと分かる。小椋は手押し車に土を乗せて運んでいるようだった。

「大丈夫？」

両手がふさがっているせいで雨にさらされながら手押し車を押している小椋を見かねて、恵は後ろから傘をそっと差しかけた。

「あれっ、井澤っちじゃん。うわっ、やば」

急に傘を差しかけた恵にびっくりして、小椋は手押し車の中身をその場にぶちまけそうになった。

慌てて空いた手で恵が支えると、焦った顔で体勢を立て直す。

「これ運ぶの？　手伝おうか？」

「えっ？　マジ？」

「やるよ。ふらふらしてて危ないし」

小椋の手からハンドルをもぎとり、代わりに鞄《かばん》と傘を持ってもらう。小椋はクラスでもよくけたたましい笑い声を上げている子で、ギャル系だと思っていただけに意外な一面を見た。

「こんなところあったんだ。小椋さん、園芸部なんだ？」

初めて温室に足を踏み入れ、恵は驚きの声を上げた。温室があると聞いてはいたが、今まで見たことがなかったのも頷ける。校庭からだいぶ離れた民家寄りの場所にぽつんと建っていたのだ。

「他に部員いないの？」

運んだ土を花壇にばら撒《ま》き、恵は不思議に思って尋ねた。温室は思ったより大きくて薔薇《バラ》や蘭《らん》、他にも色とりどりの花が咲いていた。とても一人で世話出来る量ではない。

「あと幽霊部員がいるだけなんだよねー。まぁ用務員さんが手伝ってくれるから、いいんだけどさぁ」

スコップで土を混ぜながら小椋がため息と共に答える。

「もうアタシが引退したら園芸部はつぶれるね！　つーかアタシだって先輩に頼まれなきゃこんな部入んないもん。ま、花が咲くのは楽しいし、いいんだけどさ」

「へぇ…。俺今日塾ないし、手伝おうか」

ふと気が向いて恵が言い出すと、小椋は振り返って目を輝かせて迫って来た。

「マジ？　超ウレシー。そんじゃ早速次の土運んでくれる？」

手伝うと言い出したのは、小椋が懸命に花の世話をしている姿に好意を抱いたからだ。それに今まで土いじりなどほとんどしたことがなかったので興味があった。しかし一時間もすると恵は安易な気持ちで引き受けたのを後悔した。小椋は人遣いが荒く、あれもこれもと恵をこき使ってくる。

「俺、明日筋肉痛になりそう」

「だしょ？　けっこう体力いるよねっ。いやー井澤っちが手伝ってくれて助かったぁ」

小椋に倣って土を混ぜつつ、互いの話をいくつかした。小椋はよく笑う子で、言葉遣いはあまり綺《き》麗《れい》ではないが性格は素直で話しやすかった。

こういう子とつき合うと毎日楽しいかもしれない。

そんなことを頭の隅で考えながら土いじりに耽《ふけ》っていた。


小椋の手伝いをしたのをきっかけに、恵は塾のない日になると温室に出入りして土いじりをするようになった。花を見ているのが楽しかったというのもあるが、小椋と喋ると気分が明るくなるという理由もあった。

だが温室に二人でいる姿というのは、はたから見ているとカップルにしか見えないらしく、ほどなく恵と小椋がつき合っているという噂が流れ始めた。あまり一人で出入りするのはよくないかなと思い始めた頃、温室に向かう途中の道で三神を見かけるようになった。

三神は何か話しかけてくるわけでもなく、ただいつも不満気な顔をしてこちらを見ていた。時にはとりまきの女子と一緒に温室を睨んでいることもあって、恵が呆れるくらいだった。

「三神君、一緒にやりたいのかなぁ？　それとも井澤っちと友達になりたいのかな？　井澤っちがいない時は来ないいんだよね」

満ざらでもない顔で小椋は外にいる三神を気にしている。三神に関しては悪い噂が流れているが、やはりあれだけ美形だと小椋も興味があるらしい。

(変な奴…)

まさかとは思うが、初日に邪険にしたのをまだ怒っているのだろうか。

あくまで無視して温室で作業をしていたのだが、ある日、小椋が担任に呼び出され、温室に恵一人になったことがあった。長いホースで水を撒いていたところへ、初めて三神が中に入って来た。

三神が行動をとったのに驚きつつも、恵は水撒きを続けて無視していた。

「……」

三神は何か言いたげな顔をして、恵の顔をじっと見つめている。これは我慢比べのようだ。三神は無言だが、頬に突き刺さる視線は、怖いくらいに彼の苛立《いらだ》ちを告げている。

「…あのさ、お前何か用？　邪魔なんだけど」

視線に耐えきれなくなって恵が声をかけると、三神の顔がハッとした。そして一瞬だけ目を伏せて、今度ははっきりと恵を睨みつけてくる。

「お前…、お前さぁ…」

そう言ったきり黙り込んで、三神は恵の顔を凝視してきた。恵はしばらく三神が言葉を発するのを待っていたが、やがて彼が口にした言葉に目を丸くした。

「お前…あのオンナとつき合ってるのか？」

苛立ったように強い口調で聞かれ、恵は眉《まゆ》を顰《ひそ》めた。

「どうだっていいだろ、そんなの。そんなことが聞きたくて、ここのところうろついてたのか？」

そっけなく吐き捨てて恵は水撒きを終えると、薔薇が植わっている場所へ行き、害虫を取り始めた。薔薇の花には虫がつきやすく、こうして面倒を見なければすぐに駄目になってしまう。

「どうなんだ!?　答えろよ！」

三神の存在を無視していた恵は、いきなり背後から肩を摑《つか》まれて危うく持っていた虫の入ったビンを落としそうになってしまった。

振り返ると三神はこれ以上ないくらい真剣な顔で、こちらが圧倒されるほどだった。間近で見ると女優の息子というだけあって、確かに綺麗な顔立ちをしている。その目が鋭く光り、ぎらついたように自分を見ていた。

「だから何なんだよ…？　お前…、俺に何が言いたいわけ？」

一人で勝手に熱くなっている三神についていけず、恵は呆れた顔を隠しもせずに問いかけた。

「俺だって分かんねぇよ…!!」

まるで駄々をこねる子どもみたいに怒鳴って、三神がぐっと恵の肩辺りのシャツを摑む。そして唐突に訳の分からないことを口走った。

「お前を見た時、電気信号が走った」

ぽかんとして恵は、口を開けた。

「……は？」

電気信号というのが何のことだか分からなくて、恵は首を傾《かし》げた。するとうっすらと赤くなって髪を搔き乱し、三神が視線を合わせてくる。

「お前の顔…すげぇ、……好みだ」

今度の言葉にはもっと驚いて、恵は目を瞬《しばた》かせた。転校初日につれない態度をとったのを根に持って腹を立てているのかと思っていたが、三神はそうでもなかったらしい。だからといってあまり言われても嬉しくない言葉だ。

「そうか。俺はお前の顔、好きじゃないよ」

いくぶんひどいかなと思わないでもなかったが、恵は正直に自分の感想を口にした。予想どおり三神は目を剝《む》いて怒りを露《あらわ》にし、シャツを摑んだ手を震わせた。三神の顔を見て殴られるかなと覚悟したが、三神は身の内に滾《たぎ》る感情を外に向けてくれたようで、いきなり空いた手で薔薇の中に手を突っ込んでそれを破壊し始めた。

薔薇はアーチ状に作られた柵《さく》に巻きついていたもので、三神が狂ったようにそれを引きちぎるから花弁が飛び散り、柵がぐらついてきた。

「おい馬鹿《ばか》、やめろ！」

慌てて恵がその行為を止めようとすると、三神が引きちぎった薔薇を恵にぶつけてきた。

「うるせぇ！　何なんだよ、お前！　何で俺にそんな口をきくんだ！」

三神は大声で叫びながら恵の胸倉を摑んできた。その手を振り払おうとした時、三神の手が血だらけなことに気がついた。薔薇には棘《とげ》があったから、それを無茶苦茶に摑んだ三神の手のひらは傷だらけだ。

「う…っ」

三神の手に滲《にじ》む血を見た瞬間、急に血の気が下がって恵は体勢をぐらつかせた。ちょうど三神が強い力で押したこともあいまって、その場に膝《ひざ》をついてしまう。

「クソ、クソ、クソ…ッ」

まだ興奮状態にあった三神は、引きずり倒すように恵の身体を地面に突き飛ばした。

したたかに地面に頭を打ち、一瞬ぼやけた視界に真紅の花弁が落ちてきた。それはまるで血のように点々と自分の身体に落ち、息を呑《の》んだ。逃げようと思ったとたん、圧《の》し掛《か》かってきた三神が両腕を摑んで拘束してくる。

「お前…っ、クソ、俺のどこが気に入らねぇんだよ！」

三神に怒鳴られている間、恵の意識はその場になかった。自分を拘束する腕と、血の色が瞼《まぶた》にこびりつき、息も吸えないほどのショックを受けていた。

――どうして俺の言うことが聞けないんだ！

同じような怒鳴り声を上げた父の顔がフラッシュバックし、緊張で四肢が硬直した。身体が動かない。声が出ない。

「井澤…？」

落ち着かなければいけない。必死にそう頭に念じ、恵は深呼吸をしようとした。

三神が異変に気づき、少しだけ我に返った様子で手を弛《ゆる》めてくる。

「お前……」

深く息を吐き出すと同時に、三神が覆い被さってくるのが分かった。唇があと少しで触れそうになった瞬間、腕に力が戻ってきて、恵は間近に迫った顔を殴りつけた。三神の拘束する手が弛んでいたから、それは綺麗に決まり、三神が地面に尻餅《しりもち》をつく。

「いい加減にしろ！」

「きゃあああ！」

恵が怒鳴ったのを掻き消す勢いで、戻ってきた小椋が叫び声を上げた。三神が小椋に気をとられている隙《すき》に、よろめきながら立ち上がる。泥で汚れたシャツにへばりついていた花弁を振り落とし、これは血ではないと必死に自分に言い聞かせた。

「ちょっと、喧嘩!?　井澤っち、先生呼ぶ？」

小椋は乱れた薔薇園と恵と三神の様子を見て、強張《こわば》った顔で身を翻そうとする。それを素早く手で制して、恵はまだしゃがみ込んでいる三神を見下ろした。

「いいよ。どうせ……三神は、親にもみ消してもらうんだろ？」

手ひどい恵の言葉に三神の顔がカーッと赤くなり、怒りを覚えているのが手にとるように伝わって来た。

「お前、もう俺に関わるなよ」

構わずに恵は告げ、蔑《さげす》むように三神を見た。

三神が自分にキスしようとしたことも、三神の前で一瞬でも隙を見せた自分も許せなかった。自分でもどうしてだか分からないが、三神という男を見ていると嫌悪感しか湧《わ》かない。きっと生理的に合わない人間なのだろう。たとえ相手が自分に好意を寄せていても、仲良くなる気にはなれない。

「……っ」

三神は殴られた口元を腕で拭《ぬぐ》い、舌打ちをしながら立ち上がった。

そして荒々しい歩き方で、近くの植木を蹴《け》り倒して温室を出て行く。入れ替わりに小椋が恵に駆け寄り、心配そうな顔で「大丈夫!?」と急き込んできた。

「びっくりしたよぉ！　帰ってきたら三神と喧嘩してんだもん。それに…ぎゃーっ！　せっかくいい感じに育ってたローズがぼろぼろじゃん!!」

泥で汚れた恵と、破壊された柵と薔薇を見て、小椋が悲鳴を上げる。しかも一歩足を踏み出したとたん、喧嘩の最中に恵が落としてしまったらしい虫入りのビンを踏みかけて、さらに女の子とは思えない声で飛び退《すさ》った。

「ごめん、俺もうここに来ないほうがいいかも」

傾いだ柵を立て直し、恵は申し訳なくなって小椋に謝った。小椋はまだ虫が足下にいないか気にしながら、そんなことないよと首を振った。

「それに井澤っちが手伝ってくれてるって言ったら、茜《あかね》とか麻子《あさこ》も来たいって言ってくれたんだもん。来ないなんて言わないでよぉ」

「……」

内心今日みたいなことが続いたら困るなと思ったが、恵はその場は何も言わず片づけに勤《いそ》しんだ。

帰り道に冷静になって考えてみたが、何故《なぜ》三神があんな行動をとったのかよく分からなかった。自分の顔が好みだと言っていたが、恵は特別女顔というわけでもないし、美形というほどでもない。三神はホモなのだろうか。それにしてはいつも連れているとりまきは三神の遊び相手だというし、わざわざ男の自分にキスしようとした真意が読みとれなかった。

三神はキレやすいと聞いていたが、危ない人間というよりはまるで子どもだ。五歳児の子どもがおもちゃを買ってもらえなくて暴れているようにしか見えなかった。コミュニケーションが下手なのかもしれない。大体顔が好みだと言っていたが、好みの相手の周囲にまとわりついていたら、ストーカーと思われてもしょうがないだろう。

(嫌な相手の前で、醜態をさらしてしまったな…)

やはり三神と対峙《たいじ》していた時は恵も興奮していたのだろう。あんなふうに両腕を拘束されて、フラッシュバックを起こすとは思わなかった。

三神のせいだ。三神の目を見ると亡くなった父を思い出す。

それにあの怒鳴り声。父に怒鳴られているようで、身体が震える。

最悪の日だった。早く帰って眠りたいと思い、恵は自宅へ急いだ。


厄介な相手に目をつけられたものだと思いながら翌日登校すると、今度は変な噂が流れていた。昨日三神と争った件が周囲に知れ渡り、小椋をとり合って三神とはライバル扱いになっている。いつの間にかあの喧嘩は、恋の戦争勃発《ぼっぱつ》と化しているようだ。

「よぉ、お前、三神と喧嘩するなんて度胸あるな」

当然のごとく加田と山尾には興味津々な顔で根掘り葉掘り聞かれた。答えようがなくて曖昧《あいまい》な返事をしていたが、どうせ噂の出所はお喋りな小椋だ。小椋のいいように話はすりかえられるに違いない。

しかも次の日から三神が小椋に接近して来たことで、すっかり恵は恋人をとられた男に格下げになった。

（小椋に近づいてどうする気なんだろう）

しつこく小椋とつき合っているか聞いてきた三神が、小椋と仲のいい様子を演じているのは、おそらく恵への当てつけだろう。相手にするのも馬鹿らしくなって、恵はしばらく温室には出向かなくなった。もうすぐ夏休みに入ることもあって、このまま噂が立ち消えになることを願っていた。

「先生、これどこ置くんですか」

その日は担任の須崎に頼まれた資料を運んでいた。放課後、化学の教科担当でもある須崎に質問しているうちに、「授業で使った用具を一緒に運んでくれ」と荷物持ちにされた。

荷物を抱えて廊下を歩いている時に三神と小椋が口論しているのを見かけたが、恵は特に気にすることもなく担任と会話をしていた。山尾の話では、小椋は三神のとりまきの女の子からいじめにあっているらしい。そうまでしてつき合いたい相手とは恵には思えないが、女というのは不可解だ。

「ああ、そこそこ。いやー助かったよ。ついでにコーヒーでも飲んでく？」

準備室に入った須崎は笑顔で恵を誘う。

「やっぱりコップはビーカーですか？」

「そんな衛生的によくないことは、しないよ。足りない時以外」

にこやかな顔で須崎がインスタントのコーヒーを淹《い》れてくれた。準備室には小型の冷蔵庫もあって、恵がアイスがいいと告げると、須崎がコーヒーに大量の氷を入れてくれる。冷蔵庫の中には得体の知れないシャーレが置かれていたが、見ないでおいた。

「どう？　こっちの学校は慣れた？　転校生って浮いちゃう子多いんだけど、君はずいぶん皆と馴染んでるね」

椅子を勧められ、恵は片手にマグカップを持ちながら腰を下ろした。

「そうですか？　皆優しいので助かっています」

当たり障《さわ》りのない答えをして、恵はしばらく夏休みの補習について質問していた。夏休みには予備校の夏期講習を受ける予定だが、学校で行われる補習も受けるべきか悩んでいた。今のままなら合格圏内に入っているので無理しなくてもいいと分かっていても、無料で行ってくれる学校の補習は魅力的だ。一人で勉強していると、だらけてしまわないか心配になる。

「そういや君、三神と喧嘩したって本当か？」

思い出した顔で須崎に聞かれ、恵は苦笑して氷を噛《か》み砕いた。三神と温室で不穏な状態になって、十日くらいが経っていた。教師にまで伝わっているなんて、まいったなと思い、恵はふと気になって口を開いた。

「あの、俺を見て、電気信号が走ったたってこの前言われたんですけど、それって…どういう意味なんですか？」

あの時三神が口走った言葉が引っかかっていた。須崎は恵の言葉を聞くなり目を丸くして、ぷっと笑い出した。

「そりゃ君、理系の考え方だなぁ。何だ、まさか三神に告白されたのか？」

大声で笑われて恵は意味が分からずに須崎を見返した。

「人が人を好きになるのは、電気信号が走っただけっていう理系の考え方だよ。かくいう俺もかつてそんな台詞《せりふ》を口にした一人なんだが…これって要するに一目惚《ひとめぼ》れしたって言ってるようなもんだよな」

須崎は笑いながら、照れた顔で今の夫人との馴《な》れ初《そ》めを話してくれた。上の空で須崎の話を聞き、恵は早々に準備室を退散した。

三神は自分に一目惚れしたと言いたかったのだろうか。

変な奴だと改めて思い、教室に戻ろうと足を速めた。少し時間を食いすぎて、塾の始業時刻に間に合わなくなりそうだった。

誰もいない教室に入り鞄を摑むと、恵は速足で下駄箱へ向かった。その途中で友達に泣きついている小椋を見かけた。どうやら三神との仲は上手くいっていないようだ。

「おい」

下駄箱で靴に履き替えている最中に、後ろから呼び止められ、振り向くと不機嫌そうな顔の三神が立っていた。

「何か用か」

恵は靴に履き替えると、答えを待たずにさっさと自転車置き場に向かっていた。後ろから三神が追いかけてきて、肩を捉《つか》まえる。

「お前、あの女とつき合ってなかったんじゃねぇか」

苛立たしげな顔の三神に向かってため息を吐き、恵はその腕を振り払った。

「つき合ってるなんて一言も言ってないだろう。勝手に誤解して何言ってるんだ」

三神を見ているとやはり神経がささくれ立つ。他の人ならもう少しまともに会話出来るのに、三神相手ではどうしても冷たい言葉を投げつけたくなって仕方なかった。三神には自分の中の嫌な気持ちを引きずり出す何かがある。

「じゃあな」

三神に背を向けて自転車置き場から自転車を取り出してくる。三神はまだ近くにいて、自転車に乗ろうとした恵の前に立ちふさがってくる。

「お前、夏期講習とか受けるのか？」

唐突な質問に、恵は眉を顰めて三神を見返した。

「それが何」

「俺も同じとこ行くから、言えよ」

畳み込むように三神に迫られ、うんざりして恵はベルを鳴らした。

「お前さ、ストーカーぎりぎりだよ？」

「いいから教えろよ」

「冗談。俺は一緒のところなんて受けたくない」

はっきり言い返すと、三神が目を細めて拳《こぶし》を固めた。三神の苛立っている雰囲気を感じ、その脇《わき》をすり抜けて、後ろも振り返らずに自転車を走らせた。三神の言い分は正気の沙汰《さた》とも思えない。これだけ露骨に嫌っているというアピールをしているのに、よくあれだけ食いついてこられるものだ。

（あいつ何考えてるんだろう？）

不気味ささえ覚えて、恵は自転車をこぐスピードを速めた。

しばらくして小椋が三神に捨てられたという噂を山尾から聞くことになった。

「一度やったらポイなんだってさ」

同情したような顔をしているが、山尾は面白がっている。小声で恵に耳打ちし、教室の隅で女子連中に慰められている小椋を見る。今は休み時間で、もうすぐ午後の授業が始まる。

「今ならころっと落ちんじゃねーの？　井澤ぁ、チャンスじゃね？」

加田にまで肘《ひじ》でぐりぐりと押されて、恵は苦笑して軽くその肩を押し返した。

「それにしても三神の奴、最近前にも増して変だよな。いつも苛々《いらいら》した感じだし、またキレて窓ガラスとか破壊しねーかな。そしたら授業、中止になるのに」

山尾はとんでもないことを平気で言っている。山尾も加田も憂さ晴らしを探しているようだ。

「――でもさ、三神と井澤ってどことなく似てるよな」

何の気なしに聞いていた恵は、ふいに言われた言葉で露骨に顔を顰めた。

「どこが!?」

加田の言葉に反射的に憤慨した声を出してしまったのは、あまりに思いがけない一言だったからだ。常にないむき出しの感情を見せる恵に、むしろ加田のほうが驚いて山尾を振り返る。

「どこがって…何となく？　雰囲気つうか…なぁ？」

「あー分かる気がする。俺もそう感じたことあった」

二人に頷かれ、恵はますます顔を歪《ゆが》めた。冗談じゃない、あんなのと似てるなんて思いたくない。

「怒るなよ、あんな美形君と似てるって言われてんだからいーじゃん」

山尾には宥《なだ》められたが、まったく嬉しくなかった。

最近三神は授業をよくさぼるようになった。教室内にいないとホッとするので、出来ればこのままどこかへ消えてほしいくらいだが、時おり現れては無言で恵のほうをじっと見ているので、それは希望的観測だと分かっていた。念のため夏期講習を受ける予備校のことは誰にも漏らしていない。

軽いストレスを感じながらも、恵は極力顔に出さないようにと努めていた。


夏期講習の初日に最悪の事態が訪れた。

どこから情報を仕入れたのか不明だが、三神が同じ予備校にいたのだ。しかも同じ学校、同じクラスということを考慮されてか、予備校でも同じクラスに分けられてしまった。恵にとっては不運なスタートだったが、三神はそんなことはおかまいなしに恵の隣に陣取ってきた。

しかも三神は話に聞いていた通りかなり頭がいいらしく、恵が少しでも問題で躓《つまず》くところがあると、横から覗《のぞ》き込んではあれこれ公式を口出ししてくるのが余計に腹立たしい。授業の間は人目をはばかってじっと耐えていた恵だが、昼休みに予備校の外へ出ると、眉を吊《つ》り上げて三神を睨みつけた。

「三神…本当にもう、いい加減にしてくれよ」

うんざりした顔で吐き出すと、三神は軽くそっぽを向いてポケットに手を突っ込んだ。

「お前こそ、どうしてそんなに俺を毛嫌いするんだ」

「あのな…お前、自分で好かれる性格だと思ってんの？　かなり最悪な奴だろ。これだけ俺が嫌がってるのに、こんなとこまでついてきて」

「よく言う。お前、俺の性格を知らない前から、そっけなかったじゃないか」

自嘲《じちょう》気味な顔で三神に言われ、恵は黙り込んでしばらく三神を見つめていた。そしてため息を吐き、くるりと三神に背を向けて繁華街のほうへと歩き出した。母から昼食代をもらっていたので近くのファストフード店にでも入ろうと思ったのだ。当然ながら後ろから三神もついて来たが、口をきくのが嫌で黙っていた。

「なぁ、おい…なぁってば」

三神はあつかましくも、二階の窓際に腰かけた恵の向かいに座ってきた。しかも同じセットメニュー。何もかもが腹立たしくて、恵は黙々と食べるのに専念していた。

「恵、おい…無視すんじゃねーよ。性格悪ィ」

ポテトをかじりながら三神に言われ、恵はムッとしてストローをかじった。

「馴れ馴れしく名前で呼ぶな」

「いいじゃん。けーい」

恵が答えたのが嬉しいのか、邪気のない顔で三神が笑って頬杖《ほおづえ》をつく。

「……お前、マゾだろ。これだけ俺が嫌がってるのに、そんなしつこく出来るなんて」

食べている最中もじっと熱い視線を注がれて、食べにくいことこの上なかった。しかも先ほどから店内にいる同じ予備校の女子連中らしきかたまりが、こちらをちらちら見ているのもうざったい。目当てはどうせ三神だろう。

「マゾじゃねぇよ…。お前が俺のこと嫌いって態度とるたび、すげぇ傷ついてんだぜ」

「嘘《うそ》つけ」

「マジでさ…。でもしょうがねぇよ…お前の顔がまとわりついて離れねぇ…」

ぼんやりした顔になって三神が呟く。その声に力がなかったので、さすがに恵も手ひどい言葉を投げつけようとしたのを引っ込めた。

「初めて会った時からさぁ…お前、何者？　何で俺をこんな縛りつけるの？　こんなの初めてだ。俺、お前が傍にいると空気で分かっちゃうのよ。振り向かなくても、すぐ分かる…」

熱っぽい口調で囁《ささや》かれ、恵は一瞬だけ三神の視線に囚《とら》われた。目力《めぢから》、というのか、人を捕えて離さないような不思議な魅力が三神にはあった。こんなふうに見つめられたら、女の子たちは確かに落ちるだろう。恵もわずかな間だけ三神に時間を奪われたが、その手が自分の頰に伸びて来た時点で、覚《かく》醒《せい》して叩き落すことが出来た。

「電波だな。その調子で小椋さんもヤったら捨てたのか？」

恵に手を叩かれて、三神は仕方なくコーラに手を伸ばす。

「ヤってねぇよ。変な噂流れてるみたいだけど、ヤろうとしたら処女だって言うからやめたんだぜ。つうかお前があの女とヤったのかと思ったから声かけただけで、全然興味ねぇし」

「……お前、最悪…」

呆れて言葉も出ないようなことを平然と言われ、恵は苦々しい顔つきで三神を見た。

「ヤりてぇのはお前だよ。お前としたい」

ついで告げられた三神の言葉は、恵にとって聞き捨てならないものだった。カッと頭に血が上り、気がついた時には手元にあったコップの水を三神にぶちまけていた。

「いっぺん死ね、変態」

一気に食欲が失《う》せてしまって、びしょ濡《ぬ》れの三神を置いてその場を立ち去ってしまった。こちらを見ていた女子連中が何事かと目を向けてきたが、とても立ち止まることは出来ない。

こともあろうに三神は自分を犯したいと言ったのだ。こんな侮辱的でひどい台詞を告げられて、水くらいで済んでありがたいと思ってほしいくらいだ。

（あいつ、そんな気色悪いこと考えてんのか…）

真夏だというのにぞうっとして自分の腕を抱くと、急ぎ足で予備校へ戻った。これから講習の間、あの変質者と一緒かと思うと憂鬱《ゆううつ》になってくる。どうにかクラスだけでも替えさせてもらえないだろうかと講師に聞いてみよう。そう決めて、足を速めた。


午後の授業が始まって十分くらいしてから、むすっとした顔で三神が戻って来た。その前髪はわずかに湿っていたが、恵は無視して黒板を見ていた。クラス替えは無理だと言われ、恵も機嫌が悪かった。

授業が終わり、さっさと家に帰ろうとして予備校を出て、異常事態に気づいた。

自転車の前輪がパンクしている。

予備校は家から二駅ほど離れた場所にある。ここから押して帰らなければいけないと思うと、かなり脱力した。この近くで修理してもらおうにも、持ち合わせがない。仕方なく重く感じる自転車を押しながら歩き出すと、後ろから三神がついてきた。

「パンクしたのかよ」

三神にニヤニヤ笑われて、思わず「お前か!?」と怒鳴りつけた。

「知らねーよ」

三神はとぼけた声で答えて横に並んで歩き始めた。絶対にこいつの仕業《しわざ》だと思ったが、証拠があるわけでもない。こんなくだらない真似をする三神に心底腹が立った。早くこんな奴を振り切りたいと足を速めても、パンクした自転車を押している時点でそれは無理だった。

「お前さ、何で転校してきたの」

苛々しながら自転車を押している最中、三神は平然とした顔で話しかけてきた。無視していると後輪を反対に引っ張って「なぁなぁ」と嫌がらせをしてくる。こんな悪童に捕まった自分はよほど運が悪いに違いない。

「父親が亡くなったからだよ」

憤慨して答えると、三神は「ふーん」と呟いて足下の石を蹴飛ばした。

「俺、ホントの父親って見たことねぇ。今の親父《おやじ》は義理だしな」

三神の蹴飛ばしている石が恵の自転車にもぶつかってくる。こいつわざとだなと感じ、恵は時々蹴り返して三神にぶつけてやった。それすらも三神は嬉しそうにしている。

時刻はもう五時を回ったというのに、空は明るかった。並木道の蟬《せみ》が、うるさいほどに鳴きわめいている。恵もじっとりと汗をかいていた。

「なぁ俺ン家寄ってけよ。うちの親ほとんど家にいねぇから」

「行かない」

三神の家になど行ったら何をされるか分かったものではない。

「何でだよ、皆来たがるぜ？　俺の母親がどんな暮らししてんのか知りたいってよ。誰も呼んだことねぇけど、恵ならいい。見たいならうちの母親も見せっから」

「興味ない」

「ちっ…。お前、どんなことなら興味あんだよ？　なぁ、少しは俺と遊んでくれたっていいんじゃねぇの。それともあれか、やっぱうちの母親口悪ぃから嫌いか？」

不満げに三神に呟かれ、恵は少しだけ視線を向けた。佐倉佐緒里という女優は確かに口は悪いが、年を感じさせない美しさと、喋りが面白いので人気がある。そういえば恵の母親はあまり好きじゃないらしく、彼女がテレビに出るとチャンネルを替えてしまう。

「別に…嫌いじゃない」

素直に恵が答えると、三神の顔が不機嫌になった。

「じゃあ何で寄ってかねぇんだよ」

「何度も言ってるだろ。お前が嫌いだから」

「俺のどこが」

強い力で自転車のハンドルを揺さぶられ、恵は苛立たしげに三神を見返した。

「前にも言っただろ、お前の顔見ると気分が悪くなるんだよ！」

駅からだいぶ離れた人通りのない田舎《いなか》道だったこともあって、恵はつい怒鳴りつけるように叫んでいた。すると三神の顔が強張り、次の瞬間には肩掛けのバッグから筆箱をとり出した。何をするのかよく分からなくてその行動を見守っていた恵は、三神の手にカッターナイフが握られたことにギョッとした。

「やめろ！」

三神が躊躇《ちゅうちょ》する間もなく刃先をとり出し、自分の顔にそれを押しつけようとしたのを知り、恵は慌てて手を伸ばした。

すんでのところで刃先が三神の顔を切り裂く前に止めることが出来た。だが、かわりに刃先を思いきり握ってしまった恵の手から、鮮血が滲み出た。

「痛…ッ」

「恵…!!」

恵の血を見て、三神が驚いた顔で動きを止める。恵の手のひらは焼けつくような痛みを発していた。みるみるうちに血がたれてきて、痛みに顔を顰める。

「馬鹿じゃないのか⁉　お前みたいな危ない奴、信じられないよ！」

痛みをまぎらわせるように恵は怒鳴り散らし、怪我《けが》をしていないほうの手でハンカチを探した。

「恵…」

カッターを地面に放り投げ、三神が恵の手を引っ張る。そしてあろうことか切れた部分を舐《な》め始めた。痛みと得体の知れない恐怖を感じ、恵は手を引っ込めようとした。

視界に三神の口元に血がついているのが見える。

とたんにくらりと来て、恵はその場に倒れそうになってしまった。

「おい…大丈夫か？」

貧血を起こしかけた恵を支えて、三神が声をかけてくる。恵は暑さからではない汗をどっと流し、頭を押さえて目を閉じた。

まただ。また、三神と血、という情景を見て、血の気が引いていく。理由は分かっていた。忘れたい光景を思い出すからだ。

「そこでちょっと休もうぜ。こっち来いよ」

自転車を道の脇に止めて、三神が恵の肩を抱いたまま石段のほうへと誘う。恵は知らなかったのだが、そこに神社があった。木々の中に埋もれる細い石の階段を上り、小さな社《やしろ》に辿《たど》り着いた。

「水、かけて平気？」

神社の手水舎《ちょうずや》に連れて行かれ、三神が柄杓《ひしゃく》で水を手元に突き出してきた。恵が血で汚れた手を広げると、ざぶざぶと水を上から流してくる。水の冷たさと、痛みがあいまって恵は顔を歪めた。傷口はそれほど深くはなく、血がまだ少し滲んでいるが気にするほどではない。

「もういい…」

あらかた血がとれたところで、恵は自ら柄杓を握ると、水を口内に流し入れた。何杯か口に含むと気分の悪さが少しとれ、一人で立つことが出来た。

「もう今日は最悪だよ……」

ふらふらした身体で帰ろうとすると、三神が腕を引っ張って奥へと連れ込まれた。無言で三神は人けのない神社の本堂へ進み、賽銭箱《さいせんばこ》が置かれた階段のところへ恵を誘った。気分がまだすぐれなかったせいもあって、恵は日影が伸びた階段に腰を下ろした。

「……お前って危ない奴だな」

隣に腰を下ろした三神にそう呟かれ、恵はぽかんとした顔をして横を向いた。

言葉が頭に呑み込めると、かーっと血が上って目を吊り上げて立ち上がった。

「お前にだけは言われたくないんだよ！　お前のほうがよっぽど危ない奴だろ！　俺が嫌いって言ったくらいで自傷行為に走ったり、人の自転車パンクさせたり、それに、それに…っ」

一気に怒鳴り過ぎて、また貧血を起こした。三神は先ほどの凶行が嘘のように落ち着いた顔をして

いて、それがさらに恵の苛立ちを募らせた。怒鳴る恵の顔をびっくりした目で見ているのも腹が立つ。

「お前のほうがよっぽど危ない！」

拳を震わせて大声を上げ、恵は崩れるように腰を下ろした。立てた膝の上に頭を乗せ、落ち着きをとり戻すために深呼吸する。

「……そんなぎゃーぎゃー怒鳴るなよ……。ちょっと言い間違えただけだろ、よく貧血起こすから危なっかしい奴って言いたかっただけだっつーの…」

ぽつんと三神が呟き、妙に恥ずかしくなって恵は眉を寄せた。

「言葉は正しく使えよ…っ！　お前頭いいんだろ…っ」

「文系は苦手なんだよ…。だからそう怒鳴るな…」

古ぼけた鳥居の上で羽を休めたカラスが鳴き声を上げた。辺りは少しずつオレンジ色に染まり、昼間の暑さが軽減されていく。恵が無言になると三神もしばらくの間は黙っていた。どうしてこんなところに三神と二人で座っているのか分からなくなって、恵はまだ少し血が滲んでいる手のひらを広げた。

「なぁ……」

ふと気づくと三神が暑苦しいほどに近づいて来て、恵の髪に触れていた。髪に絡まる長い指に厭《いと》わしさを感じて、恵は身を竦《すく》めた。

「キスさせてくれよ」

「させるわけないだろ！」

呆れて三神の肩を押し返し、恵は顔を顰めた。怪我した手を使ってしまい、三神のシャツにわずかに血がついた。

「何で駄目なんだよ。キスくらいいいだろ？　もったいぶんなよ」

「どうして俺が男なんかとキスしなきゃいけないんだよ！　大体お前、おかしいんだよ。どれだけ女の子にモテるんだか知らないけど、そんなのこっちには関係ないんだから！　常識で物を考えろよ。第一お前、俺のことよく知りもしないで、ヤりたいだのキスさせろだの、ホモかよ？」

「ホモじゃねーよ」

恵の指摘に三神が怒った顔になる。

「男なんて冗談じゃねーよ！　でもお前は別だ。お前相手だと頭おかしくなっちまうんだから仕方ねえだろ!?」

理不尽なことを堂々と言い返されて、呆れ返りながら睨み合った。ホモと言われて腹が立ったのか、しばらく三神も恵を睨みつけていたが、やがてその肩からふっと力が抜けて髪をがりがりと掻いた。

三神が大きくため息を吐く。

「……お前、音楽とか何聴くの」

唐突に聞かれ、恵は「はぁ？」と眉を寄せて身を引いた。

「趣味とか…あんのかよ」

三神は続けて訳の分からない質問をしてくる。

「そんなこと聞いてどうするんだよ」

「お前が言ったんだろ？　よく知りもしないでって…だから、お前のこと知ろうとしてんだろ…。クソ、こんなの初めてだからどうしたらいいか、分かんねぇよ…」

途方に暮れた声で三神が呟く。

その姿に薄気味悪さを感じて、恵は立ち上がって階段を下りた。もうふらつきはない。とっととこの異常者から離れたかった。

「あ、待てよ…っ」

「もう帰る。お前と話してると頭が変になる」

冷たい声で返して、恵は砂利道を歩き出した。すぐに三神が追いかけてきて、プライベートに関する質問をしてきたが、恵はさぁなとしか返さなかった。

自宅に戻り仕事先から戻っていた母に自転車の修理費をもらうと、恵はすぐさま近所のサイクルショップに駆け込んだ。店じまいするまぎわで、どうにかパンクを直してもらう。

「災難だったわねぇ」

母はキッチンに立ってにんじんの皮を剝いていた。パートに出るようになってから、母は目に見えて明るくなった。パート先での愚痴をこぼすことはあるが、基本的に働けるという状況が嬉しいようで、のびのびして見える。

(母さんはあんなに明るくなったのに、俺は……)

自分の部屋に戻りベッドに寝転がると、憂鬱な気分になって恵は目を閉じた。

三神の前で気分が悪くなったのは、これで二度目だ。父とはまったく顔は違うというのに、あの目と血を見ると反射的に思い出してしまって頭が真っ白になる。

――どうしてこれくらい出来ないんだ。

未《いま》だに耳元でそう怒鳴りながら、腕を摑んできた父の顔を思い出す。

恵の父親は小さい頃から厳しく、口答えを許さない男だった。医師だった父は仕事ばかりで家庭を顧みない人だったが、三年前に上司の医療ミスを押しつけられる形でクビになり、がらりと人が変わってしまった。

急に妻と息子に対し監視の目を光らせるようになり、すべてのことに口出しし始めた。特に一人息子だった恵には、執拗《しつよう》なまでに束縛してきて、恵はろくに息も吸えない生活を強いられるはめになった。

何しろ学校から帰って来ると、風呂《ふろ》と食事、睡眠以外はつきっ切りで父が勉強の手ほどきを始めたのだ。少しでも帰って来るのが遅くなれば、一体どこで何をしていたと詰問され、はむかおうものなら遠慮なく殴られる。それでも恵は父が再就職すれば自由になれると思って耐えていたのだが、ほどなく父の身体を病が蝕《むしば》み始め、恵への指導という名の虐待はエスカレートしていった。周囲が入院しろと説得しても駄目で、父は倒れるその日まで恵に対して「もっと勉強しろ」と言いながら拘束してきた。

どこへ行っても、何をしていても父の執着的な視線を感じた。恵もノイローゼになりかけていた。

父が倒れた日は、耐えかねて恵がもうやめたいと言い出した日でもあった。逃げ出そうとして部屋を出ようとした時に、父が両腕を摑み、そのまま吐血して意識を失った。あの時のショックが強くて、今でも血を見ると気分が悪くなる。

父が亡くなり、最初は恵も母も悲しみを感じていたが、少しすると束縛のない生活に気楽さを覚えた。好きに生きていい、ということがこれほど楽しいとは思わなかったくらい、父のいない生活は恵を自由にした。転校して、父の記憶から離れ、これからは新しい人生を始められると思っていたのに。

よりによって同級生からの執着を受け、父のあの畏怖《いふ》を感じる視線を思い出すとは。

（昔からそうだ。何でか俺、変な奴に絡まれやすいんだよな…）

自分では意識していなかったが、そういうものを呼び込む資質でもあるのかもしれない。

せっかく父という枷から解き放たれ、自由になれたのだ。今さら誰かの束縛など受けたくない。とにかくもう誰かに執着されるのにはうんざりしていた。

（それにしても趣味…か）

ふと三神に質問された記憶が蘇《よみがえ》り、やけに胸がもやもやして恵は顔を曇らせた。あの場は三神が相手だったせいもあって怒鳴り返すことで終わったが、実際自分の趣味は何かと聞かれても答えられなかった。中学から高校にかけて父の猛勉強と執着につき合わされたおかげで、ろくに遊ぶこともせずに過ごした。果たして自分に趣味などと言えるものがあっただろうか。

好きな音楽も特にない。最近聴くようになったのは、世間で流行《はや》っているというものと、友人が貸してくれたＣＤだけだ。本屋にはよく行くが、もっぱら立ち読みばかりで、これといって欲しい本があるわけでもない。

父がああなる前は、恵にもそれなりに趣味はあった。だが束縛されていた時はあれほどやりたかったすべてが、いざ自由になると急にやらなくてもいい気がしてしまったのだ。

（俺ってつまんない人間だな……）

そう気づいてしまうと気が滅入《めい》ってきて、恵はため息を吐いた。しかもそれをあの三神によって気づかされるとは、余計に最悪だ。

（いやいやそれより、あいつどうしたら離れてくれるんだろう…）

ベッドに寝転がり、うとうとしかけたところで母が夕食を知らせに来た。ぼんやりした顔で起き上がった恵は、三神を頭から追い出そうとして頭を振った。


翌日予備校に行くと、驚いたことに三神が自転車で来ていた。だらしなく見える三神も、自転車に乗っているとどこか健全に見えるのが不思議だ。

昨日の失敗もあったので、恵は昼食をコンビニで買って来て教室で食べた。外で食事をすると、どうせ三神がまたついてくる。三神は何も用意していなかったようなので、買い出しに行っている間に逃げるつもりでいた。ところが三神は昼休みの間ずっと恵の傍に陣どって、どこへも出て行かなかった。まるで監視されているみたいだ。

（そこまでして、何が楽しいんだ？）

もはや我慢比べに近い。

三神は、一分一秒でも惜しい、といった具合に、恵から離れなかった。

その熱意だけは恵も認めざるを得ない。偏執的というか、子鴨《こがも》が親鴨を追いかける姿のようだ。おかげで予備校で恵に話しかける生徒はいない。少しでも話していると、必ず三神が横入りしてきて会話が途切れるからだ。

唯一、三神のおかげで集中力だけはアップした。何しろ少しでも悩んだり迷ったりしていると横から解答されてしまうので、気を抜く暇がないのだ。

「恵、遊びに行こうぜ」

一緒に帰りたくなくても、三神は勝手についいて来る。信号待ちで並んだ自転車から身を乗り出してくる三神に呆れ、恵はその肩を押し返した。

「行かないって何度言えば分かるんだ。俺はお前と仲良くなる気なんてないんだって」

自転車が二台並んでいると通行人に邪魔だ。三神はまったくといっていいほど他人への気遣いがないから、恵のほうが焦る。

「ケチくせーこと言うなよ。じゃあ日曜の花火大会行こうぜ」

どこにも行かないと言っているのに、三神のバイタリティには根負けしそうになった。

「もうつきまとわないって約束するなら行ってもいい」

うんざりしてそんな発言をすると、三神はその場で考え込み始めてしまった。信号が変わって恵が自転車をこぎ出しても、まだ頭を抱えて悩んでいる。これ幸いとばかりに恵は自宅への道を急いだ。

夏期講習が始まって一週間。しょっちゅう三神に密着されて、恵もほとほと疲れてきた。まったく愛想もよくないし、どの誘いにもノーと言っているのに、三神はめげずに誘ってくる。あまりに同じ言葉を繰り返すものだから、本当は相当頭が悪いんじゃないかと疑いたくなるくらいだ。最近ではだんだん断るのが面倒になってきて、うっかり「いいよ」と言ってしまいそうになるのが恐ろしい。

「お帰り、恵。ねぇ、明日の予定ちゃんと覚えてる?」

自宅に戻ると、母が忙しそうに駆けずり回りながら声をかけてきた。

「覚えてるよ、おじいちゃんの法事だろ」

「よかった。じゃあすぐ出るから急いで仕度して」

安堵《あんど》した顔で母に言われ、落ち着く暇もなく旅行の仕度を始めた。明日は祖父の七回忌で、今夜から泊まりがけで出かけることになっていた。祖母に会うのは父の葬式以来だ。父に似て厳しい人なので、本当のところあまり行く気はしなかった。留守番していたいくらいだ。

「ちゃんと学生服、入れておいてね」

適当に相槌《あいづち》を打ちながら、恵は気を重くした。

祖母の家は県境にある。途中の駅で夕食を済ませた後、電車とバスを乗り継いで、一時間くらいで門構えの立派な屋敷に辿り着いた。現役で華道の先生をやっている祖母の住む家には、庭に大きな池があり立派な鯉《こい》が泳いでいる。着いて早々に恵は庭に出て鯉の餌《えさ》やりをしていた。母は腰を落ち着かせる暇もなく明日のための準備に追われている。祖母の弟子らしき人も手伝ってくれているようなので、恵はぶらぶらと庭に出て暇をつぶしていた。

「恵、ちょっと甘い果物でも食べない？」

手伝っていた人たちが帰り、明日の法事のための仕度が終わった頃、祖母が恵を呼びに来た。

「学校のほうはどう？　受験の時に引っ越しなんて私は反対だったんだけど。大体引っ越すくらいならここへ来ればいいのに」

リビングに行くと剝いたばかりの梨《なし》が置かれていた。恵は手を伸ばし、口に放り込む。

「甘くて美味《おい》しい」

梨は甘みが多く、しゃりしゃりといい音を立てていた。母はまだキッチンで料理の仕込みに余念がない。リビングではテレビが点《つ》けっぱなしになっていて、ニュースの後にドラマが始まっていた。恵はあまりドラマに興味はないが、ちょうど佐倉佐緒里という女優が出て来て目を留めた。

「あ、この女優さ…」

つい画面の女優を指差してしまって恵は口をつぐんだ。友達の母親だ、と言いかけたが、考えてみれば三神は友達ではない。本人にはあれほど嫌っていると言っておきながら、自慢するようなことを言うのが嫌になって、恵は言葉を呑み込んだ。

「何？」

「えーと…。お母さん、好きじゃないみたいなんだけど…」

続く言葉が浮かばなくてどうでもいい話題に転換してしまった。すると祖母は、声を潜めて笑い出した。

「そりゃそうでしょう。あんたのお父さんとつき合ってたことがあるんだから」

半分自慢げに囁かれて、恵は意味が分からずぽかんとした顔になった。

「え？　え？　どういう…」

「この女優さん、あんたが生まれるずーっと前にあの子が勤めてた病院に入院したことがあるのよ。それで恋仲になったわけ。でも私はあんなろくに礼儀もわきまえてない女認めなかったからね、手切れ金渡して別れさせてやったわ」

呆然《ぼうぜん》として恵は祖母のよく動く口を見つめていた。父があんな有名な女性とつき合っていたとは驚きだ。祖母がからかっているとしか思えないくらい。

「で、でも母さんは…？」

「その後私が見合話を持っていったのよ。晋《すすむ》にはぴったりだってね。本当に美咲《みさき》さんは気が利くし、働き者でいいわ」

得意げに話す祖母から目を逸らし、恵は混乱する頭で梨にかじりついた。両親が見合で結婚したというのは知っていたが、その前に父が三神の母と別れていたのは茫然《ぼうぜん》自失とする出来事だった。だから母は彼女がテレビに出て来るとチャンネルを替えてしまったのか。

――俺、ホントの父親って見たことねぇ。

ふいに三神の声が頭に蘇って、恵はもう少しで手に持った梨を落としてしまうところだった。

まさか。まさかとは思うが、三神と血の繋《つな》がりがあるなんてことは…。

「お祖母《ばあ》ちゃん…俺、生まれたのってお父さんたちが結婚してどれくらいだっけ…」

声が震えてしまいそうになる。どうにかして平静を装って、恵は尋ねた。

「二年目くらいかしらね。どうしたの？　急に」

「二年目…」

思わず胸を撫《な》で下ろして恵は梨を頬張《ほおば》った。もし父と別れた時に彼女の腹に子どもがいたら…と考えてしまった。三神は自分と同じ年だから、その線はないといっていいだろう。

（でも、本当に？）

急に湧いて来た疑惑に恵は動揺していた。

三神を見ると父を思い出すのは、何故なのか。単なる勘違いならいいが、もし仮に三神と異母兄弟ということになったら、別の意味で恐怖を覚える。三神が何故強烈に自分に惹《ひ》かれているか。それが血のせいだったら笑えない。

次に三神と会うのが憂鬱になって、恵は顔を曇らせた。

翌週予備校へ顔を出すと、当然のように三神が話しかけてきたが、父の話もあって歯切れの悪い口調で答えてしまい、三神にいぶかしげな視線をもらった。

母には結局佐緒里について聞くことが出来なかった。ましてや父に隠し子がいるかどうかなんて、口にすることも出来ない。

「おい花火大会、一緒に行こうぜ」

その日もくどいほど週末の花火大会への誘いを口にしていた三神が、帰り道何げなく「俺の家、浴衣《ゆか》衣《た》何枚もあるから」と恵に告げてきた。

それまで曖昧な顔で話を聞き流していた恵は、ふとその言葉に目を向けた。

「浴衣…って男でも着つけあるんだろ。お前出来るの？」

「うちの母親がやってくれるって。着たいなら好きなだけ選べるぜ。仕事関係でもらって来たまま、使ってねーんだ」

　浴衣の話に興味を惹かれた恵に気づき、三神がにやりと笑う。浴衣自体はどうでもいいが、三神の母親と聞いて恵は心を迷わせた。佐緒里と直接話すことが出来るなら、それは願ってもないチャンスなのではないか。

（直接三神が父さんの子なのかとは聞けなくても、俺が井澤の息子だと分かれば何かリアクションがあるかも…）

　迷った末に恵は「いいよ」と三神に答えた。祖母から話を聞いて以来、ずっと胸の奥にもやもやがたまって心が晴れないのだ。疑惑を抱いて鬱屈《うっくつ》した日々を送るより、真実を聞いてすっきりしたい。

　それに祖母は別れたと言っていた。恵の疑惑はとり越し苦労に違いない。

「マジで？」

　初めて恵が頷いたので、しばらくの間三神は見たこともないような間の抜けた顔をしていた。

「聞いたぜ、絶対約束破るなよ？　すげぇ嬉しい、やベー興奮してきた」

　興奮した顔で喜んでいる三神を見ると少し後ろめたかったが、代わりに数時間つき合ってやればいいと考え、恵は三神と別れた。

　けれどもしも三神と血の繋がりがあったら。

　仮定の話なのに考え始めると動揺してきて、恵は心中複雑だった。

週末が近づくにつれ気が重くて仕方なくなった。

やっぱり変に探らないほうがいいのではないかという気がして、何度三神に断ろうとしたかしれない。けれど花火大会を楽しみにしている三神を見ていると、言葉は咽《のど》の辺りで止まってしまった。

三神は到底好きになれないし、友達にもなりたくないタイプだが、自分に対する熱意だけは認めるしかない。

花火大会の日は、夕方自宅を出て三神の家に向かった。妙に後ろめたくて、母の顔もろくに見られなかった。

「ここら辺かな…」

三神の家は恵の家と一つ駅が離れている。渡された地図は三神の自筆で、分かりやすくて迷わずに行けた。閑静な住宅街にある一戸建てで、少し離れた場所から、門の辺りで浴衣姿の三神が人待ち顔で突っ立っているのが見えた。遠目から見ても中々浴衣が似合って、粋《いき》な感じだ。姿を見せれば三神が喜ぶだろうと想像して、急に行く気をなくし、恵は意味もなくしばらく電柱の陰に身を潜めていた。

そうこうしているうちに遠くから携帯電話の着メロが鳴って、三神がたもとに手を突っ込むのが見える。

「――はい、もしもし？　アヤか。何か用？」

三神が電話に出る。

「ああ？　だからお前とは行かねぇよ。じゃ」

不機嫌そうな声でかかってきた電話を切り、白い塀に寄りかかる。どうやら今夜の花火大会への誘いらしい、と恵が気づいたとたん、また携帯電話が鳴り始める。

「――はい。何だミキか。花火大会？　俺、行く奴別にいる。じゃあな」

苛々した様子でかかって来た電話を無雑作に切り、三神が頭をがりがりと掻く。呆れたことに数分後にまた別口で電話がかかって来た。一体何人女を抱えているんだと恵が呆然とした頃、ハッとした様子で三神が塀から離れて恵を見つけ出した。

「いるなら、来いよ。うぜぇ電話切れねぇだろ」

恵の目の前で携帯電話の電源を切って、三神が腕を摑んで引っ張っていく。三神はグレーの地に水墨画みたいな絵が描《か》かれた粋な浴衣を着ていた。

「お前と行きたい奴たくさんいるんじゃん。そいつらと行けばいいのに」

「俺が行きたいのはお前なんだよ。ったく、てめーがかけてくるかもしんねーから切れなかったんだぜ」

苛立った顔つきで三神は門を開けて恵を家の中へと導いた。洋風の大きな家で、表札には三神と記されている。お邪魔しますと言いながら玄関を上がると、リビングから綺麗な女性が出て来た。

「いらっしゃい。恭が友達連れて来るなんて初めてなのよ、嬉しいわ」

テレビでよく見る顔が目の前にあって、恵は少しばかり焦って言葉を吞んだ。佐緒里はテレビで見るよりも顔が小さく、スタイル抜群で若々しかった。一般人とは違うオーラを改めて感じ、にわかに緊張した。

「どうも、井澤恵…です」

佐緒里の迫力に吞まれた形で、恵は語尾を弱めて彼女を見た。佐緒里はにこやかな笑顔で恵を見つめていたが、ふっと何かを感じとったように目を見開いた。

「あら、あなた…」

佐緒里が何か言いかける。どきりとしたのを見計らったように、「来いよ」と三神に奥へ引っ張られた。広いリビングはグラビアページを切りとったみたいな綺麗さで、あまり生活感はない。床もワックスをかけたばかりなのかぴかぴかしているし、シャンデリアのあるリビングなんて久しぶりに見た。

「おふくろ、着つけしてくれよ。すぐ出かけるから。たらたらしてたら、花火始まっちまうだろ」

「え、ええ…」

三神にせっつかれ、気をとり直して佐緒里がソファに重ねた浴衣を見せてくれた。三神が言った通り、七、八枚の浴衣が置いてある。そのどれもが洒落《しゃれ》たデザインで、浴衣に興味のなかった恵も目を惹かれた。

「井澤君はどれを着る？　あなた顔が大人しめだから、この色とか似合うんじゃないかしら」

「あ、ええ。俺、どれでも構いません」

差し出された浴衣に恵が頷くと、佐緒里はそれに合わせた帯を選ぶ。

「ここで着替えるのでもいい？」

佐緒里に聞かれ、本来なら男なのだからどこでも構わないと言い返すところを、恵はわざと困った顔で三神を見やった。佐緒里と二人で話すには、三神が邪魔だ。

「三神、お前ちょっと部屋から出てくれよ」

三神に何かうるさく言われたらどうしようと思いながら口にすると、意外にも三神はうっすら赤くなって素直にリビングを出て行ってしまった。不気味さを覚えながらも、好都合だと感じ、恵はシャツに手をかけながら佐緒里を見た。

「私も出て行ったほうがいいかしら」

「いえ、あの…」

笑顔の佐緒里から目を逸らし、恵はどう切り出すかと迷って口を濁した。シャツを脱いで畳んでソファに置くと、佐緒里が浴衣を差し出してくる。

「あなた、私の知り合いに似てるわ…」

切り出す言葉を迷っていると、ぼんやりした口調で佐緒里が呟いた。ハッとして恵は顔を上げ、黙って浴衣の袖《そで》に手を通した。鼓動《こどう》が急に跳ね上がってくる。

ジーンズを脱いで浴衣を身にまとうと、佐緒里が腰紐《こしひも》を持って恵の前に立つ。

聞かなければと思いつつ、自分が口にする言葉が意味を持ってしまうのが恐ろしくて、中々口がきけなかった。そうこうするうちに佐緒里は手早く腰紐を結び、その上から帯を結び始めてしまう。佐緒里が背後にいるのを感じながら、恵は焦って言葉を搾《しぼ》り出した。

「あの……井澤、…晋って知ってますか」

恵が父の名を口にすると、一瞬だけ佐緒里の手の動きが止まった。けれどその手はすぐによどみなく帯を締め上げていく。

「まぁ、やっぱりなの。井澤さんの息子…？　どうりで面影があるはずだわ」

「父は…あの、俺…」

「お父様、お元気？」

特に動揺した様子もなく佐緒里に聞かれ、恵は安堵する思いで胸を撫で下ろした。三神が父の子どもなのではないかと疑っていたが、彼女の平静ぶりを見れば、それは単なる邪推だと分かる。着付け

もきっちりと終わり、恵は振り返って笑顔の佐緒里に頭を下げた。

「父は半年前に亡くなりました」

「え…っ」

父の訃報《ふほう》を聞き、佐緒里の顔が強張ってしまう。その顔を見てますます父とは関係ないと分かり、恵は安心した。

「そうだったの…。知らなくてごめんなさい。若い頃お世話になったのよ、身体を壊した時に治療していただいて」

残念そうな顔で佐緒里が呟き、感慨深い顔でじっと恵を見つめた。

その瞳に吸い込まれそうだと感じた時に、騒がしい声で三神が入って来た。

「もう出来たか？　あ、すげぇ似合ってる」

三神が待ちわびた顔で入って来て、恵の浴衣姿に目を細める。

「行こうぜ」

三神が強引に手を摑んで歩き出した。

本当はもっと佐緒里と話していたかったが、三神がぐいぐい手を引っ張るので話は終わりになった。とはいえ佐緒里と話せて不安が払拭《ふっしょく》されたのは喜ばしいことだった。礼を言おうとして恵は振り返り、佐緒里の目がどこか遠くを見ているのに妙にぎくりとした。

「恵、早く」

三神に急かされ、足を進ませながらも、恵の心にまた陰が忍び込んでいた。


祭囃子《まつりばやし》の音が辺りに響く。花火大会の行われている川沿いには、夜店の屋台が軒を連ねていた。多くの人で賑《にぎ》わい、まっすぐ歩けないほどだ。特に恵は三神の家で借りた履き慣れぬ下駄《げた》だったから、少しつらかった。

「三神、手を放せよ」

いくら人ごみとはいえ、さっきからずっと三神に手を握られたままだ。放そうとしてもがっちり食い込んで解けない。人目を気にして三神の耳元で抗議すると、知らん顔で三神は反対に強く手を握ってきた。

「あのな、お前…。俺、焼きそば食いたいから手を放せ」

ストレートに三神に頼んでも聞いてくれないことは分かっていたので、恵はどうにかして手を放してもらおうと夜店に目を向けた。とたんに三神はしょうがないな、という表情で手を放し、すーっと人ごみの中へまぎれていった。背が高いから遠くからでもどこにいるか分かる。しっかり焼きそばの店に並んでいるのが見えて、恵はため息を吐いた。

（アホか、あいつ…）

恵は人の群れから外れ、道路脇に立った。ちょうど花火が始まったところで、ここからも派手な音を立てて夜空に赤や青の花が咲くのが見える。人々の歓声。浴衣姿の女の子たちが目の前を通り過ぎ、恵は軽くため息をこぼして腕を組んだ。

最後に見た佐緒里のうつろな目つきが気になってしょうがなかった。

もっとはっきり聞けばよかったのかもしれない。三神の父親が誰なのか。初対面ということもあって、上手く喋れなかった。もう会えるかどうかも分からない人だったのに。

浴衣を返す時にでも、気になるなら聞くしかない。亡くなった父の浮気など暴《あば》きたくはないが、もしも自分に異母兄弟がいるとなれば大問題だ。しかもそれが三神だなんて。

「お待たせ」

考え事をしているうちに三神が焼きそばやカキ氷、たこ焼きなどを抱えて歩いて来る。

「もっと近くで見るか？」

機嫌のよい顔の三神に買って来た物を渡された。どぉんと音がして、夜空を銀色の花火が埋め尽くす。

「俺、人ごみあんまり好きじゃないから、その辺でいいよ」

花火が上がっている川沿いに行けばもっと近くで見られるが、あの集団の中に入るのは気後れする。恵がそう言うと、三神はふと思いついた顔で「神社行かねぇ？」と言い出した。

「神社？　こんな夜に嫌だよ」

反射的に恵が顔を顰めると、三神が笑い飛ばした。

「こえーの？」

「怖いわけじゃないけど」

三神に馬鹿にされ、ムッとして恵は強がりを言った。本音を言えば夜の神社なんて、不気味で近寄りたくない。けれど三神に自分の弱点を知られるのはもっと嫌だった。

「じゃ、行こう。あそこから花火見えるし」

有無を言わさぬ強引さで、三神が即座に歩き出した。恵は心底気が進まなかったが、三神が背中を押すから仕方ない。

花火の爆音から離れ、人々の流れとは反対に進んだ。三神が言っていた神社というのは、この前立ち寄った場所だ。ただでさえ寂れた神社だったので、夜訪れると一層不気味さが増していた。階段を上っている途中で正直に怖いと言ってみようかと何度か考えたが、言えば三神は喜んで自分を脅かすに違いない。だんだん憂鬱になってきて、恵は意味もなく周囲に視線を走らせた。

「ほら、ここからなら見えるだろ」

人の気も知らないで、三神は神社の奥へ恵を誘って告げた。確かに大木の間から花火が上がっているのがよく見える。

「焼きそば、食おうぜ。冷めちゃったかな」

草むらにどっかりと腰を下ろして、三神がビニール袋をがさがさと探る。

「浴衣、汚れないか？」

三神は平気で地面に座っているが、借り物の浴衣を汚したくなくて恵は逡巡《しゅんじゅん》していた。すると気がついた三神がたもとから、ハンカチを取り出して広げた。

「俺、一緒にいる奴にこんなことしたの初めてだぜ」

ハンカチで座る場所を示されて、仕方なく恵もそこへ腰を下ろした。

花火が続けざまに夜空を彩る。それに目を奪われながら、恵は買って来てもらった屋台の焼きそばやたこ焼きを食した。

三神は黙って花火を見ている。今はあまり話したくなかったので、その点は助かった。

花火を見ながら、不思議な気分になった。どうして自分は大嫌いなこの男と一緒に、花火など見ているのか。

「恵……」

ぼんやりと花火を見ていた恵は、ふと耳元で囁かれ、三神を振り返った。三神はえらく真面目《まじめ》な顔つきで、じっと自分を見ている。

「俺、この前は違うって言ったけど、やっぱそうなのかも」

潜めた声で呟かれ、何のことか意味が分からず恵は首を傾げた。

「何が？」

「俺、ホモなのかも。お前のこと…マジで、好きなんだ、と思う…」

「はぁ？」

真剣な三神の告白に素《す》っ頓狂《とんきょう》な声を上げてしまい、恵はわずかに身を引いて三神を見た。

「何言ってんの？　お前」

「お前を俺のモノにしたい、どうすればそう出来る？　俺、お前といると頭がおかしくなる」

ぐっと両腕を摑まれて、びっくりして恵はその腕を振り払おうとした。だが余計に興奮して、三神が抱きついてその場に押し倒してくる。

「ちょ…っ、ふざけんな、馬鹿！　何考えて…っ」

「恵！」

草むらに身体を押しつけられ、慌てて押しのけようとしたが、三神が体重をかけて覆い被さってくる。人の話をまったく聞かない三神に焦りを感じて、恵は相手を殴り飛ばそうとした。だが強い力で三神が両腕を地面に縫いとめてくる。

「恵…好きだ、好きなんだよ…頭めちゃくちゃになるくらい…」

懇願するように三神に熱く見つめられ、どきりとして恵はその目を見つめ返した。よく三神の顔が綺麗だとクラスの連中が言っていた意味を初めて理解した。こんな目で見つめられたら、大抵の女性はころりとまいるに違いない。

「俺は好きじゃないって、言ってるだろ？　放せよ…っ」

三神の顔が綺麗だとしても、男相手に、特に三神相手に押し倒されて嬉しいはずがない。必死になって恵が腕を持ち上げようとすると、三神が意固地になった様子で密着してきた。

「恵、恵…っ」

顔が近づいてぎょっとする間もなく、熱い吐息と共に唇が重なってきた。嫌がって恵が顔を背けても、三神は強引にむしゃぶりついてくる。

「んう…っ、や、めろ…って、ば…っ」

じたばたと恵が暴れると、三神が首筋に嚙みついて来る。

「痛ぁ…っ」

首筋に思い切り歯を立てられて、恵はびくっと身を震わせて腕の力を抜いた。三神はなおも耳朶《じだ》に嚙みついて恵に悲鳴を上げさせる。

「痛いって言ってるだろ…っ！　やめろよ…っ」

容赦ない三神の攻撃に悲鳴を上げ、身体を反転した。三神は頭がおかしくなったみたいに恵のうなじに噛みついて来る。その痛みにびくりと恵が震えると、三神の手がするりと浴衣の裾《すそ》から太ももを這《は》ってきた。

「ひ…っ」

大きく裾を捲《まく》り上げられ、三神の手がトランクスの隙間から中へ潜り込んでくる。遅まきながら本気で危機を感じ、恵は焦って地面に手を伸ばした。砂を握りしめ、息を整える。

「う…っ！」

恵が力を抜いて油断した隙に、振り向きざま砂を三神の顔面に投げつけた。三神はもろに砂が目に入ったのか、恵から飛びのいて顔を覆った。

その間に恵は走り出し、乱れた着衣のまま階段へ向かった。

心臓が早鐘のように鳴っていた。後ろも見ずに、ただ三神が追いかけて来るのが怖くて、必死で走り続けた。途中で、下駄だったせいもあって転びそうになったくらいだ。

「あら、どうしたの？　花火を見に行ったんじゃなかったの？」

一気に自宅まで駆け戻ってしまい、母の驚いた顔を見て、自分が借り物の浴衣を着ていたのに気がついた。だが、今から三神の家に行く気になど、到底なれない。

さすがに三神に押し倒されたのは、ショックだった。同じ男とはいえ、三神がそこまで思いつめていたのにも衝撃を覚えていた。

浴室に駆け込み、借りた浴衣を脱いで鏡を見ると、あちこちに歯形と流血の痕《あと》が残っていた。呆然として、恵はしばらく鏡と見つめ合っていた。


翌日は予備校で三神と顔を合わせるのが嫌で、初めてさぼってしまった。お金を出してくれた母に悪いと思いつつ、どうしても気が重くて行くことが出来なかった。

昨夜三神はどこで番号を調べたのか知らないが、自宅に何度か電話をかけてきた。無論恵は出なかったし、母親にもいないと言ってくれと断った。

(最悪だ……)

まさか三神があんな真似をしてくるとは思っていなかったので、恵も油断していた。

三神に口づけられ、女みたいな扱いを受けたのも腹が立つし、あの神社へ連れて行かれたのもああいう行為をする目的があったからじゃないかとしか考えられない。

腹に据えかねるところはあるが、問題は浴衣と下駄だ。

浴衣は汚してしまったから母がクリーニングに出してくれた。三神に借りたというよりも、三神の母に借りた物だからきちんと返して礼を言わねばならないだろう。それを考えると気が重い。

（あ、そうか…三神が夏期講習へ行っている間に返しに行こう）

いい考えが閃《ひらめ》いて、恵はわずかに気が晴れた。

翌朝クリーニング屋から浴衣を受けとると、恵はその足で三神の家に向かった。地図は忘れてしまったが大体道は覚えていたので、迷わずに辿り着けた。時計を見ると、まだ午前十一時で、三神は予備校だろう。

三神の母がいるのを願ってインターホンを鳴らした。しばらく待ったが返答がない。二、三度鳴らして不在かと思い帰ろうとすると、物憂げな声がインターホン越しに聞こえて来た。

『――はい』

「あ……っ」

どきりとして恵は思わず声を上げてしまった。三神が家にいたのだ。とっさにこのまま去ろうかと考えたが、すごい勢いで足音が近づいて来るのを耳にしてやめた。逃げるみたいで悔しかったのだ。

「恵…っ」

わずか数秒後にドアを開けた三神は、信じられないものを見るような目つきで恵を見た。その目を睨み返し、恵は持っていた紙袋を突き出した。

「返しに来ただけだ」

そっけない声で紙袋を手渡そうとすると、三神は何を思ったのかそれを避けるように身を引いた。

「中…入れよ、謝りたいし…」

うなだれた声で呟かれ、驚いて恵は三神を見た。あの三神の口から謝りたいなんて言葉が出て来るとは思ってもみなかったのだ。三神もやり過ぎたと反省しているのだろうか。よく見れば三神は憔悴《しょうすい》した顔で、元気がなかった。あれから自分のした過ちを悔いていたのかもしれない。

「…ちょっとだけだぞ」

あまりにも三神がつらそうだったので、仕方なく恵は少しだけ家に上がることにした。三神は無言で奥に引っ込んで行く。

三神の部屋には行きたくなかったので、浴衣を借りたリビングへ勝手に進んだ。ソファのところに紙袋を置いて、ぐるりと部屋を見渡す。前来た時は気がつかなかったが、大きな水槽があり、熱帯魚が泳いでいた。あの時はよほど佐緒里と話すのに気をとられていたのだろう、こんな大きな水槽を見逃すなんて。

「三神、これ…」

水槽のガラスに人影が映って、振り向こうとした時だ。

後頭部に強烈な衝撃が起こり、意識が遠のいた。薄れゆく意識の中で、誰かの腕が自分を抱きしめた。

生ぬるい感触。荒い息遣いと、肌をまさぐる手。身体がいうことをきかない。

ぼんやりする意識の中で恵が目を開けると、信じられない状況に自分はいた。

「な…っ」

大きなベッドの上に寝かされ、三神が自分の上に跨《また》がっていた。下半身は脱がされて剝き出しで、振り解こうとした両腕はベッドのどこかに手錠で拘束されていた。上半身はかろうじてシャツが引っかかっているだけで、前は全開にされ、その肌の上を三神の手が這っている。

「何して…っ、痛…っ」

身体を動かしたとたん、後頭部がずきりと痛んで顔を顰めた。一体どうなっているのか分からない。分かるのはとてつもなくやばい状況というだけだ。

「すげぇ…お前…、俺、お前に触ってるだけでイきそうだ…」

興奮した息を吐いて、三神が乳首に吸いついてきた。びくっと身体を震わせ、恵は三神の身体を引き離そうと暴れた。だが拘束されている身で、三神の動きを止めることは出来ない。

「やめろ…っ、変態！　お前、こんな真似してただで済むと思うなよ…っ」

三神は上半身は裸で、下はジーンズを穿《は》いていた。その状態で恵の足を押さえつけるように跨り、舌で恵の上半身を舐め回してくる。

「お前…っ、謝りたいって嘘だったんだな⁉」

徐々に記憶が蘇って恵は怒鳴り声を上げた。気を失ったのは三神が自分の頭に衝撃を加えたからだ。一体何で殴ったのか分からないが、まだ頭が痛い。

「うるせぇよ…、どうせ俺の言うとおりになってくれねーなら、俺だって勝手にする…。お前を犯したくて、こっちは気がおかしくなりそうなんだ」

乳首を舐めながら三神が下腹部へと手を這わせて来る。ぎょっとして抵抗しても、三神は難なく押さえつけて恵の性器を扱《しご》き始めた。

「やめろ…っ、気持ち悪い…っ」

三神に好き勝手にされていると思うと、不快でたまらなかった。けれど三神は意地になったみたいに激しく手を動かしてくる。

「や、だ…っ」

びくりと背筋を震わせて恵は呻《うめ》く。

最初は中々反応しなかったそこが、三神に根負けした形で少しずつ生理的反応を返していく。三神の手の中で、芯《しん》を持ち始める。

「はぁ…はぁ…お前って体毛薄いな…女みてぇ」

「う、うるさい…っ、変態…っ」

わずかに勃《た》ち上がると、三神が体勢を変えて恵の両脚を広げた。必死で抵抗してもぱっくりと大きく割られ、三神の口が吸い寄せられるように恵の性器を食《は》む。

「う…、く…っ」

いくら三神が相手とはいえ、初めて他人の口で性器を扱かれ、恵は我慢出来ずに大きく身体を震わせた。三神は最初、無茶苦茶に恵のモノを舐めていたが、すぐに要領が分かって恵を感じさせる動きに変わった。

「ひ…っ、あ…っ」

裏筋を舐められ、先端の小さな穴を弄《いじ》られる。三神のその舌の動きで、恵はぴくぴくと身体を震わせ、発汗し始めた身体に怯《おび》えた。

「嫌だ…っ、やめ、ろ…っ、やだ…っ」

三神に触られて不快なはずなのに、自分の性器がどんどん張りつめていくのが分かる。声が上擦《うわず》っていくのを止められなくて、恵は唇を噛んだ。

「勃ってる…気持ちいいんだろ？　もうイきそうだ…」

わざと音を立てて恵の性器を扱きながら、三神が嘲《あざけ》るように言う。悔しくて仕方ないのに、身体は正直に快楽を追いかけてしまった。本当に嫌なのに、三神が口で扱くと気持ちよくて変な声が上がってしまいそうになる。

「ほら、我慢汁出てきた…」

見せつけるように三神が指先で先端をぐりぐりと弄る。それがダイレクトに腰に響いて、恵はシーツに頬を擦《こす》りつけた。

「男なんだから…当たり前…だろ…っ、お前が相手じゃなくても、誰だって…っ」

悔しくてそんな言葉を吐くと、三神はぎゅっと袋を強く握ってきた。

「痛ぁ…っ！」

「うるせぇよ…っ、クソ、黙れ…っ」

急にいきり立った顔で、三神が恵の性器を激しく扱き出す。

「う…っ」

無理やりイかされる形で、恵はあっという間に三神の手の中で射精してしまった。白濁した液を三神の手と、腹の辺りにこぼし、一瞬の快楽に全身を震わせた。

はぁはぁと息を荒らげ、恵は屈辱感と気持ちよさが入り乱れて唇を噛んだ。生理的なものとはいえ三神にイかされて猛烈に悔しさが募る。

「イったな…」

三神は恵が吐き出した精液をこれ見よがしに舌で舐める。その光景に目眩《めまい》を感じ、恵は少しだけ怯えた顔で三神を仰いだ。

「こんな真似して…どうするつもりだ…っ？　俺はお前なんか嫌いだって言ってるだろ」

呼吸が整ってくると、どうにかして逃げ出せないかと腕を引っ張ってみた。手錠はおもちゃみたいに見えるが、案外頑丈で手首が痛むだけだ。

「お前が嫌いでも…俺は好きなんだからしょうがねぇだろ…」

低い声で呟き、三神はサイドボードに手を伸ばした。

「自分が欲しい物が何でも手に入ると思ってるのか!?　こんなの好きな相手にする行為じゃない、お前は、ただの頭がいかれた野郎だ！」

「うるせぇ!!」

空気がびりびりとする声で三神が怒鳴り、恵の両脚を持ち上げてきた。その脚がぐっと胸につくほど折られ、尻《しり》のはざまに冷たい液体をかけられた。

「な…っ!?」

びしょびしょになるほど尻から性器の辺りにぬるりとした液体を垂らされ、動揺して恵は身をよじった。だが三神は両脚を押さえつけたまま、持っていたボトルを床に放り投げ、濡れた箇所に指を這わせて来る。

「ひ…っ、う、わ…っ」

ぐっと尻のすぼみに指を突っ込まれ、驚愕《きょうがく》して恵は声を上げた。

「何するんだ、変態！　気持ち悪いからやめろよ！」

三神はぐいぐいと指を入れたり出したりしている。腰の辺りが不快感で怖気《おぞけ》立つ。

「やめろ…っ、てば…っ、嫌だ…っ、気持ち悪い…っ」

やめろと言っても三神には通じず、むしろ指を増やされてぐちゃぐちゃと中を弄られた。尻の奥に指など入れた経験はないから、無理に広げられると痛みを感じた。しかし痛みよりも恐ろしいのは、三神がどういう目的でそんな真似をしているかということだった。男同士のセックスに興味もなかった恵には、その行為が意味するものが分からなかった。

「痛い…、痛ぁ…っ」

三神は息を荒らげて恵の内部を広げようと指を動かしている。痛みと圧迫感に恵が悲鳴を上げても、まったくその行為をやめようとしない。

「う…っ、う…っ」

中に入れた指が内壁を探ってくる。先ほどかけられた液体はローションだろう。少しずつ尻の穴が弛んできて、三神の指を受け入れるのが分かる。

「クソ…、もう我慢出来ねぇ…」

しばらく恵の尻を弄っていた三神は、耐えきれなくなったみたいに恵から身を離すと、ジーンズを脱ぎ捨てた。下着の上からも分かるくらい、三神の腰は張っていた。三神が目の前で全裸になるのを目にして、遅まきながら恵は三神の行為の意味が分かった。

「お前…っ、まさか…」

サッと青ざめて身をよじったが、すぐに三神に両脚を抱えられて自由を奪われた。

「嫌だ…っ、やだ…っ！」

大声で叫んでも、三神は意に介した様子もなく熱を恵の尻のはざまに押しつけてくる。嫌だ、嫌だと思っても、三神は強引だった。脚を広げさせ、ぐっとカリの部分を押し込んでくる。最初にそこを大きく割り広げられ、恵は痛みを感じて四肢を震わせた。

「痛ぁ…ぁ、あ…っ」

まだ指が二本しか入らなかったこともあって、三神を受け入れるには早過ぎた。予想外に大きなモノを突っ込まれて息も絶え絶えになる。涙がぼろっとこぼれ、悲鳴しか出て来ない。

「キツ…」

三神は苦しそうな顔で呟き、強引に腰を進めて来た。

「ひ…っ、い…っ、うぐ…っ」

痛さのあまり身体中が強張る。やっと恵が痛がっていることに気づいたのか、三神が途中まで入れた状態で腰を止めた。互いに息が荒い。

「力…抜け、よ…」

三神が痛みを軽減しようとしてか、恵の性器を扱き始める。萎《な》えていたそれは、三神の手の動きでわずかに回復した。

「お前が抜け…っ、馬鹿やろう…っ」

歯を食いしばって睨みつけると、三神は苦しそうな顔で空いた手で乳首を引っ張ってきた。

「そんな元気があるなら…平気だな…」

感じる場所を探られ、少しだけ力が抜けたとたん、ずん、と根元まで三神の性器が押し込まれた。

ひゅっと息を呑み、恵はまた目尻《めじり》から涙をこぼしてしまった。

こいつ、殺してやりたい。

奥まで犯された瞬間、激しく三神に対する憎しみが湧いた。

「恵……、恵…。何で俺を好きになってくれないんだよ…」

繋がったまま屈《かが》み込んで来た三神が、目元からこぼれる雫《しずく》をぺろぺろと舌で舐め回す。

恵が嫌がって顔を逸らすと、耳朶や首筋にキスを降らせて来た。唇にされたら嚙みついてやると思っていたのが伝わったのか、三神は唇にはキスしなかった。

「お前が俺を好きになってくれたら…何でもしてやるのに…、どうして俺じゃ駄目なんだよ…」

三神がぎゅっと抱きしめて肩の辺りを唇で啄《ついば》んでくる。

「好きなんだよ、こんな気持ち初めてなんだ…っ」

かぶりつくように肩口の辺りに歯を立てられ、前回の記憶が蘇り恵はびくっとした。だが噛みつくかと思った三神は、甘く歯を立てただけだった。

「これ…俺がつけた痕かよ…？」

まだ肩の辺りには三神が噛みついた痕が残されていた。恵が黙っていると、傷口を舌で舐め、三神が唇を押しつけてくる。

「こんなに深く噛んだっけ…。悪ぃ、興奮してて覚えてねぇ……」

三神が傷痕に頬を擦りつけてくる。恵は身動きも出来ずに、じっと黙って三神に抱かれていた。諦《あきら》めがついたというわけでは無論なく、動くと繋がった部分が強烈な痛みを発するからだった。

「恵…」

身体のあちこちを舐めて、三神が切ない声で囁いてくる。萎えた性器を優しく扱かれ、少しずつ痛みが軽減していった。最初は泣いてしまったくらい痛かったが、三神がずっと動かずにいてくれたおかげで、苦しみが和らいでいた。

だが痛みがとれていくのと反対に、内部にいる三神の熱が、恵を苦しめていた。痛みの中にも時々腰の辺りがぞくっとするような得体の知れない感覚が迫《せ》り上がって来るのだ。

「恵…そろそろ動くぞ」

恵の身体から力が抜けていくのを感じてか、三神が潜めた声で告げてきた。

「い…っ、あ…っ」

ずるりと三神の熱が抜けて、また突き上げてくる。

その衝撃に恵は慄《おのの》いて、思わず声を上げてしまった。痛いというよりも不快感で、涙が滲んでくる。

「や、だ…っ、嫌…っ」

三神は容赦なくゆっくりと腰を出し入れしてくる。三神が動き出したとたん、未知の感覚がまた腰に伝わって来て、恵は首を振った。

「やめ…っ、や、だ…っ、う…っ」

じたばた暴れると、三神が苛立ったしぐさで、恵の脚を押さえつけて腰を突き入れてきた。浅く内部を動かされて、恵は自然と速くなる呼吸に怯えた。

「すげぇ…気持ちいい…こんなの初めてだ…」

三神は上擦った声で腰を突き上げて来る。苦しくてたまらないのに、恵は変な声が出そうになり、唇を噛んで三神から顔を背けた。

「マジ…お前の中、熱い…、最高…」

重なって来る三神が、歯を食いしばっている恵に気づき、その唇をこじ開けるようにしてくる。腹が立ってその指に思い切り噛みついてやると、三神は一瞬顔を顰めたが、指を抜こうとはしなかった。

「声…出せよ、苦しいだろ…」

唇を指でこじ開けながら、三神が告げる。相当痛く噛んでやったのに、指を抜かない三神に驚き、恵は首を振った。

「ん…っ、ふ…っ、う、う…っ」

三神の指が出て行かないから、唾液《だえき》があふれ出て気持ち悪かった。舌を指で引っ張られたり、指の腹で撫でられたりするたびに、鳥肌が立つ。

「あ…っ、ぁ…っ」

ぐっと突き上げられた時に、声を殺せなくて恵は甲高い声を放った。驚いた顔で三神は同じ場所を責めてくる。

「や…っ、あ、あ…っ、ひ…っ」

ぐちゃぐちゃと濡れた音を立てて奥を突き上げられ、恵ははっきりと快感を覚えて嬌声《きょうせい》を上げた。

「ここ、いいのか…？　お前の、勃った…」

興奮した顔で、三神が律動してくる。

「や、だ…っ、あ…っ、嫌…っ、ひ…ぅ…っ」

嫌なはずなのに内部を突き上げられて、変な声が勝手に漏れていった。苦しみは依然としてあるのに、三神の硬いモノが奥の一点を擦ってくると喩《たと》えようもないほど感じて腰が震えた。

「すげ…、中、また熱くなった」

腰を抱え直して三神が激しく突き上げて来る。もう痛いのか気持ちいいのか分からなくなって、恵は引っきり無しに声をこぼした。

「や…っ、そんな、にしたら…っ、あ…ぁ…っ」

あまりに三神がガンガン突いて来るので、繋がっている場所が壊れそうで怖くなった。

「嫌だ…っ、ぁ…あ…っ」

荒く息を吐いて、三神が腰をねじ込んで来る。同時に恵の性器も激しく擦り上げ、絶頂へと導いてきた。

「くぅ…っ」

内部で三神の熱が膨《ふく》れ上がり、次には中で射精したのが分かった。その衝撃につられ、恵は押し殺した悲鳴を上げ、四肢を震わせた。信じられないことに自分も達していた。腹や胸の辺りにまで精液が飛び散っている。

覆い被さって来た三神が深く口づけてくる。まだ衝撃が抜け切れなかった恵は、それを受け入れてしまった。

一度恵の中で達した後も、三神は続けざまに二度、三度と恵を蹂躙《じゅうりん》した。

腰から下の感覚がなくなって、みっともなく恵が「やめてくれ」と泣き出しても、三神は解放してくれなかった。身体中舐められ、何度もイかされた。セックス自体が初めてだった恵にとって、過酷な体験だった。男としての尊厳も奪われ、三神の好き勝手に貪《むさぼ》られる。あまつさえ、気持ちいいと思ってしまうことが、何より恵には屈辱だった。

どれくらい時間が過ぎたか分からない。もう夜だというのは分かっていたので、帰らない恵を心配して母が助けに来てくれないかと願った。

(三神は…俺を、いつ、解放してくれるんだ…?)

薄らいでゆく意識の中、まるで手放そうという気の見えない三神に恐ろしさを抱いた。家の中は静まり返って、誰も帰って来る様子がない。

「恵…、口開けろ…」

ぐったりとベッドに横たわっていた恵の顔を、三神が持ち上げる。わずかな抵抗だが恵が口を開けずにいると、無理やり指でこじ開けられて冷たい液体を注ぎ込まれた。かすかな甘みのある飲み物を口にして、意識が覚醒した。からからだった咽は、もっと欲しがる。

「もう…いい加減に…しろよ」

喘《あえ》ぎ過ぎてしゃがれた声で、恵は呟いた。一番つらいのは、繋がれている両腕だ。早く家に帰してほしい。

「こんなことされて…好きになるわけないだろ…、むしろぶっ殺してやりたいくらいだ…」

呻くように恵が告げると、三神の顔が歪み、恵から手が離れる。

「じゃあ、どうすりゃよかったんだよ！　お前をどうやったら手に入れられるんだよ！　何で俺を嫌う、俺を嫌うな！　嫌うな!!」

子どもみたいに悲痛な声でわめく三神に、ハッと胸を衝《つ》かれるものがあって、恵は無言になった。自分のほうが被害者なのに、何故三神が憐《あわ》れに見えるのか。

「クソ…ッ、クソ…ッ」

手近な壁やゴミ箱に当たり散らし、三神は息を荒らげながらその場に頭を抱えてうずくまった。声をかけてやればよかったのかもしれないが、かける気にはなれなかった。こうしている間にも、誰か助けに来てくれないだろうかと考え続けていた。

三神はしばらくじっとしていたかと思うと、すっと立ち上がり部屋を出て行った。数秒後に遠くから玄関のドアが閉まる音が聞こえたから、どこかへ出かけたのかもしれない。

どうにか逃げられないかと腕をまた動かしてみた。鎖は中々外れない。空《むな》しく何度も引っ張っているうちに、ドアが開く音が聞こえて来た。てっきり三神が帰って来たものと思い、がっかりした時だ。

「恭、いるの？　あなたに話があるんだけど」

階下から女性の声が聞こえて来て、恵は目を輝かせた。

「助けて！」

出来る限りの大声で叫んで、繋がっている腕を激しく引っ張った。佐緒里が帰って来たのだ。ようやく助かるかもしれない。恵はあらん限りの声で、助けて、と繰り返した。

「部屋にいるの？　なぁに…」

不穏を感じとって、佐緒里がいぶかしげな声でノックして部屋に入って来る。

室内の惨事を見た瞬間、佐緒里の顔が真っ青に強張るのが分かった。恵は救いを求めて佐緒里を見つめ、「助けてください」と懇願した。

「一体…これは…」

佐緒里は恵の姿を見て何があったか察したのだろう。よろめくように恵に近づき、拘束されている手首に目を瞠《みは》った。ようやく助けが来たと思い、恵は安堵のあまり泣きそうになった。

「何てことを…ああ…」

佐緒里は手首の手錠がどうにか解けないか奮闘していたが、無理だと分かったらしい。三神の部屋の中に手錠を切る道具がないか探し始めた。

「――おふくろ、恵から離れろよ」

ぎくりとして恵は声のする方向に顔を向けた。

安堵したのも束《つか》の間《ま》、いつの間にか部屋の入り口に三神が立っていた。コンビニにでも行っていたのか手にはビニール袋を提《さ》げている。

「恭！　これは一体何なの？」

強張った顔つきで佐緒里が叫ぶ。三神は母親を突き飛ばして、ベッドに来ると、渡さないとでもいうように恵を腕の中に抱えた。

「おふくろには関係ねーよ…こいつはもう誰にも渡さないんだから…」

思いつめた顔で呟く三神に、佐緒里は紙のように白くなった顔で拳を震わせた。

「恭…、無理やりこの子をレイプしたのね？　そうなんでしょう？　こんなことしてどうなるか分かってるの？　あなたはまだ十八歳で…」

「うるせぇよ！」

三神が怒鳴って佐緒里の言葉を遮る。びくっとして佐緒里が身を引いた。

「俺、もうこいつを離さない…、恵が欲しい、他には何もいらない」

苦しいほどに三神が抱きしめてくる。

三神の告白を聞いて、佐緒里の顔がすうっと強張った。

「恭…聞いて、駄目よ。その子だけは駄目」

動揺を隠しきれない、という顔で佐緒里が近づいて来る。その苦渋に満ちた顔を見て、恵は自分の恐れていた不安が事実だと知った。

「その子はあなたと——兄弟なの、母親は違うけど…血の繋がりがあるのよ…」

低い声ではっきりと佐緒里が告げたとたん、三神は驚愕して恵を見つめた。やはり、と恵は絶望感を覚え、目を閉じた。

この人は女優だった。嘘をつくのは慣れている。あの時は平然とした顔を装って、父との関わりを否定したのだ。

「何言って…」

「ごめんなさい、井澤君…。こんな話、本当は言いたくなかった。あなたが来た時、絶対に話さないと決めていたのに…」

佐緒里は疲れた顔で床に膝をついてしまった。

「恭、あなたには父親は死んだと言ったけど、本当は最近まで生きていたの。それが井澤君のお父さんだったのよ。わけがあって、別れさせられたけど、ずっとつき合いがあったの。今の夫と知り合うまで…。もう十年以上前の話よ」

三神は呆然とした顔をして、佐緒里の話を聞いている。

「あなたがその子に惹かれるのは…きっと血が繋がっているからなのよ。兄弟でこんなことをしては駄目、もう放してあげて…」

「……」

佐緒里の説得に三神はしばらく無言だったが、急に肩を揺すって笑い出した。その笑いがヒステリックなものだったので、佐緒里の顔が一層硬くなった。

「謝る必要ねぇよ…俺、恵と特別な繋がりがあって嬉しい」

はっきりと三神が言いきって、恵の髪を手でまさぐった。

「兄弟だから何？　何でそんな理由で放さなきゃいけねーの？　逆じゃん、兄弟なら…ずっと一緒にいたっていいだろ」

「恭……」

三神の言葉に恐れを抱いて、佐緒里が悲痛な声を上げた。三神は無雑作に立ち上がると、膝を着いたままだった佐緒里の腕を引っ張り、ドアへと向かった。

「おふくろ、もういいから出て行けよ」

焦った顔の佐緒里を無理やり追い立てて、三神はドアを閉めた。再び室内に三神と二人きりになり、絶望的な気分になる。

兄弟だと分かって引くとは思っていなかったが、事実を知って余計に自分にのめり込む三神に、頭が真っ白になった。どうすれば三神は自分から離れてくれるのだろう。

「恵…」

ベッドに戻って来た三神は、恵の身体に抱きつき、首筋に顔を埋めた。

「お前は俺のだ…」

恵は何も答えずに顔を背けた。


いつ眠ったのか覚えていないが、耳元で聞こえる耳障りな音で目が覚めた。

ふっと目を開けて、身体中がぎしぎししているのに眉を顰める。気がつけばベッドの脇に佐緒里がいた。佐緒里は恵の手首の手錠の鎖を、電動鋸《のこぎり》で切り離そうとしていた。

「え…っ」

びっくりして恵は隣で眠っている三神に目を向けた。耳障りな音にすぐ三神は目覚めて怒り出すと思ったが、この騒音の中、三神は不気味に眠り続けている。

「息子には薬で眠ってもらったわ…」

やつれた表情で佐緒里が呟き、ちょうど手首の鎖が切れた。急いで恵は起き上がり、ぎこちなく強張った自分の身体に、顔を歪めた。

「急いでここを出ましょう、いつ起きるか分からないから…」

怯えた様子で佐緒里は毛布を恵にかけて、歩くよう促してきた。ベッドから立つと、立ちくらみはするし、足下はおぼつかない。けれど佐緒里の言うように、今を逃せば逃げられないかもしれないから、恵も必死で歩き出した。

裏口から出て、車庫に置いてあったシルバーの車の後部席に押し込められる。佐緒里は焦った顔で運転席に座ると、すぐさま発進した。

「ごめんなさいね……本当に、謝って済む問題じゃないけど…」

三神の家から徐々に離れていくと、本当に助かったんだという安堵感で全身が弛緩《しかん》した。無理やり拘束されて、気丈に三神と相対していたつもりだが、やはり怖かったのだろう。佐緒里に隠れてこっそり泣いてしまった。

「あなたの身体…綺麗にしなきゃ。このままホテルに行くわ、いい？」

「はい…」

深く考えもせずに、恵はその言葉に頷いた。

確かに恵も自分の身体の汚れをとりたかった。精液まみれで、目眩がする。後部席に毛布にくるまり横たわると、自分の手首が鬱血《うっけつ》しているのが目に入った。車の外は朝日が出ていて、眩《まぶ》しくなっていく。

「恭を…許してちょうだい。あの子には欲しがるものは何でも買い与えてあげてるのよ。そのせいで、わがままな子になってしまったの…」

ため息と共に佐緒里が呟く。

「本当にこんな問題を起こすなんて…」

愚痴をこぼす佐緒里に、少しだけムッときて恵は目を見開いた。三神をあんな人間にしたのはあなたのせいじゃないですか、と咽まで出かけるのをぐっとこらえる。

今は佐緒里の機嫌をそこねて助けてもらえないのは困る。けれど佐緒里のような人気女優なら、おそらく三神は小さい頃からほとんど構ってもらえなかったはずだ。しかも父がいないとなれば、愛情に飢えても仕方ない。

(三神に同情してどうする…)

たとえ三神が憐れな境遇だったとしても、それとこれとは別問題だ。三神のことは考えないようにしようと思い、恵は目を閉じた。

ホテルで風呂に入り、しつこいほどに身体を綺麗にした。手錠はおもちゃの手錠だったので安全ピンで開錠できた。くたくたに疲れていたが、風呂から上がると佐緒里が食事を部屋に用意してくれていたので、腹を満たす。

「これから…どうする？　家に送ればいいかしら…？　それとも…警察へ行く？」

どこか怯えた表情で佐緒里に聞かれ、恵はしばしの間考え込んだ。

警察へ行けば、佐緒里の女優としての立場も危うくなるだろう。考えてみればレイプの痕跡《こんせき》を自ら消してしまった。もしかしたら佐緒里の意図もあったかもしれない。

「警察へは行きません。もう家に帰してもらえればいいです」

恵が力のない声で答えると、ホッとした顔で佐緒里が頷いた。

「そう…分かったわ」

佐緒里の安堵した顔から視線を逸らし、恵は暗い目つきで部屋の隅を見た。

「でも一つだけ、教えてください。――――父と別れたって聞きました。何でその二年後に三神が生まれたんですか」

どうしてもこれだけは聞いておきたいと思い、佐緒里から目を逸らしたまま詰問した。

佐緒里はしばらく黙り込み、深い吐息と共に低い声で答えた。

「ごめんなさい…。表向きは別れたことにして、ずっとつき合っていたのよ。軽蔑《けいべつ》するわね、でも愛していたの。離れられなかったのよ」

佐緒里の言葉に不快感を覚えた。母をないがしろにして二人で楽しんでいたのかと思うと、怒りが募る。

「あなたたちには悪いと思っていたから、恭には幼い頃に一度しか会わせなかったわ。それに白状すると妊娠してすぐに諍《いさか》いを起こして別れたの。私もつらかったのよ」

警察に行かないと言ったのは、警察に行って何をされたのか言いたくなかったからだ。見知らぬ相手に三神にされたすべてを話すのは嫌だった。きっと根掘り葉掘り聞かれるだろうし、警察に行けば母にも事情を知られてしまう。それだけは嫌だった。だが佐緒里の言葉を聞くと、そんな自尊心をかなぐり捨ててもいいから、警察に駆け込んでやろうかという気になった。それくらい今は三神よりも佐緒里に苛立ちを感じた。

「分かりました。もういいです」

これ以上話していたくなくて、恵は切り上げるようにそう告げた。

恵が身に着けていた服は三神の家に置いてきてしまったので、代わりに佐緒里が新しい服をホテルで用意してくれた。ブランド物の服だったので、多少詫《わ》びの意味もあったかもしれない。

その数時間後、自宅の前まで送ってくれた佐緒里は、「治療費として」と恵に封筒を手渡してきた。車が去った後で中を見たら、五十万円入っている。

佐緒里に猛烈な嫌悪感を抱いて、恵は自宅に戻った。

「どうしたの？　連絡もしないで、心配したのよ！」

母は昨夜眠っていなかったようで、憔悴しきった顔で恵を出迎えてくれた。その顔を見たら緊張が弛んで泣きそうになったが、恵はあえていつも通りに振る舞うことにした。

「ごめん、ちょっと友達の家でお酒飲んで眠っちゃったんだ」

恵の言葉に母は安心した顔になり笑った。

「もう、男の子なんだから多少は目をつぶるけど、連絡くらい入れてよね。母さん、心配で眠れなかったのよ。それに、その服なぁに？」

「着てた服に吐いちゃって、その友達に貸してもらったんだ」

すらすらと嘘をつけることに我ながら驚き、恵は自分の部屋へ足を向けた。母の愛情を全身に感じ、三神に同情する気持ちが湧く。

部屋に戻りベッドに横になると、恵は冷めた顔で天井を見上げた。

三神に同情はするが、こうして無事に家に帰ることが出来て、ひどく腹立たしい気持ちで一杯になった。たとえ三神が同情すべき境遇だとしても、やられた仕返しはきっちりしないと気が済まない。

暗い目つきで一点を見つめ、恵はもらった封筒をぐしゃりと握りつぶした。

遅くなると母には言い残して、その日恵は都内の繁華街へ出かけた。

若者に人気があると聞いたクラブに私服で潜り込み、騒音が響く中、物色するように踊る男女の顔を眺めた。

ずっとどうすれば三神に仕返し出来るか考えていた。こんな場所に来るのは初めてだが、目的があるせいか、大胆に振る舞うことが出来た。声をかけてきた女の子と親しげに話し、携帯電話のメールアドレスを交換して仲良くなる。

一日間を置いて、恵はまたその店に出かけた。同じ店に何度も出入りすると、自然と顔馴染みの仲間が出てくる。金は佐緒里にもらった分があったので、困らなかった。自分の小遣いもある。

「恵ちゃん、この後どこ行くぅ？」

声をかけたのは、見るからに頭の軽そうな女ばかりだった。適当に話をしながら、トイレに向かう女性を見つける。

「ね、あの子、何て名前？」

「亜美《あみ》だよ」

恵の問いに明るい声で答えが返って来た。恵は人ごみを掻きわけ、トイレから戻って来る彼女を待ち伏せした。

「亜美ちゃん、ちょっといい？」

トイレから出て来た亜美は、目がとろんとしてハイな様子だった。確実に中毒者だ。

「ちょっと聞きたいことがあるんだけど…」

探していた子がすぐに見つかったのは、嬉しいことだ。何度もここに出入りしなくて済む。

恵は暗い愉悦を覚えて、亜美の肩に手をかけた。


夏休みも後半に入り、学校には数人の教師と、部活動をする生徒以外は来ていない。

自転車を駐輪場に置き、恵は汗を拭いながら学校の温室を覗き込んだ。案の定小椋がTシャツにジャージ姿で土いじりをしている。中に入ると夏の暑さも相まって、温室はむっとするほどだった。

「小椋さん、暑いね」

冷たい缶ジュースを持って声をかけると、驚いた顔で小椋が振り返った。

「井澤っち。どうしたの？」

「ちょうど学校に来る用事があったんだ。ついでに温室が気になって。水分とらないと熱中症になるよ」

「うわー、ありがとう！」

恵の差し入れに小椋は顔を輝かせて喜んだ。

「小椋さん、勉強のほう大丈夫なの？　ひんぱんにここ来てるみたいだけど」

「アタシは就職組だからさぁ」

恵が話を振ると、小椋は嬉々《きき》としてお喋りを始めた。学校のことや夏休みのこと、恵が軽く話題を提供するだけで、小椋は弾丸のように話し始める。

「――でも、よかった。小椋さん、元気そうで。…三神が変なこと言うからさ」

話題が途切れかけたところで、さりげない口調で恵は呟いた。

とたんに小椋の顔が強張り、落ち着かない様子で缶ジュースを握りしめる。

「変なことって何？　三神君が何ゆってんの？」

小椋の強張った顔を見て、ひそかに恵は確信を深めた。小椋はまだ三神から受けた傷が癒《い》えていない。

「あいつの冗談だと思うんだけどさ…」

前置きをしてから、恵は三神が言ったという根も葉もない暴言を平気で口にした。内容は主に小椋を蔑むようなものだ。小椋は恵の言葉に青ざめ、怒りを露にした。泣きそうになった時点で、恵はゆっくり彼女に近づいた。

「俺は信じてないけど、三神の奴吹聴してるみたいだからなぁ…。ね、小椋さん。こんなこと言われて悔しくないの？」

「悔しいよ！」

恵が優しく肩に手を乗せると、小椋はヒステリックな声で叫んだ。

「実は俺も三神には恨みがあるんだ。……ちょっと仕返し、してやらない？」

含みを持った声で恵は囁き、小椋の目を見つめた。小椋は動揺した顔ながらも、目に憎しみの光を湛《たた》えていた。

「……どういうこと？」

息をつめて小椋に聞き返され、恵は微笑《ほほえ》んだ。


会ってもいいよ、と電話で告げると、三神は一も二もなく頷いた。

夏休みも終わろうとするある夜、恵の呼び出しに応《こた》えて三神が指定したクラブに顔を見せた。フロアーで待っていろと言うと、言葉通りに行動する。あれだけされて、許すと思っているなら三神は相当馬鹿だ。続けざまにクラブに小椋が入って行くのを向かいのビルから眺め、しばらくしてから携帯電話をかけた。

　三神はすぐに出た。

『どこにいるんだ』

　焦《じ》れたような三神の声を聞き、目を細めて笑う。

「近くに小椋さんがいるだろ」

『小椋…？』

　恵の言葉にいぶかしげな声を上げた三神が、すぐ近くに小椋を見つけて軽く舌打ちする。

『いるけど、それがどうしたよ』

「次の曲の間、ハグしてみない？」

　からかうように告げると、電話の向こうで三神が気色ばんでいる。

「冗談を言ってるわけじゃないよ。俺はお前にひどい目に遭わされたからな。お前が本当に俺の言うことを聞いてくれると分かるまでは会いたくないんだよ。俺は近くにいるから、お前がちゃんと実行してるかどうかすぐ分かる。俺に会いたければ、しろよ」

　潜めた声で言うと、三神がしばらく黙った後に分かったとふてくされた声で言った。

　これでもう終わりだ。

少しして電話口に三神が『約束通りしたから、早く来い』と苛立ちを募らせた声で告げる。

「そう焦るなよ、分かった。今から行くから」

ゆっくりと答えて電話を切り、クラブの入り口から小椋が出て来るのを待つ。小椋は頬を赤くして複雑な表情で恵の待っているほうへ走って来た。同時に恵はある場所へ電話をかけ、手短に用件を告げた。小椋が近くに来るまでに話は終わり、電話を切った。

「ご苦労さん、ちゃんと出来た？」

「え…っ、あ、うん。ちゃんとポケットに入れたよ。でも驚いちゃった、本当に井澤っちの言うことなら聞くんだ…」

三神に抱かれたせいか小椋は少し頬が赤い。あれだけ嫌な目に遭ったのに、まだ三神に抱きしめられて赤くなる辺り、小椋は単純だ。

「じゃ早くここを去ろう。もうすぐ警察が来るから」

「うん。でも三神君、すっごい焦るよね。井澤っち、こんないたずら思いつくなんてひどいね」

「うん、そう。俺ってひどい奴なんだ」

小椋に合わせて笑い、恵は率先して駅に向かって歩き始めた。小椋に三神と抱き合っている間に、ポケットにこれを忍ばせろと先ほど渡したものがある。小麦粉だと言うと小椋は簡単に信じてこのいたずらに乗り気になった。

「新学期が楽しみだね」

ただのいたずらだと思っている小椋に笑いかけ、恵は暗い眼差《まなざ》しを真っ暗な空に向けた。


始業式は、まだ照りつける太陽のもと行われた。

久しぶりに会った級友たちは、夏期講習で遊びに行けなかったというわりに小麦色の肌をしていた。

今年は日差しが強い日が続き、体力を奪っている。

(早く涼しくならないかな…)

校長の長い話が終わり、汗を拭《ふ》いて教室に戻る途中、小椋が近づいて不安げな表情を見せた。

「ねぇ、井澤っち…」

小椋は辺りを窺《うかが》って小声で袖を引っ張ってくる。

「どうしたの？　小椋さん」

悠然と微笑んで振り向くと、気圧《けお》されたように小椋は手を離した。

「う、ううん、何でもない…」

言葉を濁して離れていった小椋が、始業式に三神の姿がないのを気にしていることは分かっていた。

今頃《いまごろ》自分のした行動に不安を抱いているのかもしれない。

（まぁ、どうでもいい…）

教室に戻り、山尾や加田と夏休みの出来事を話した。互いに受験勉強で大して面白い話はなかったが、恵は楽しかった。クラスに三神がいない。それだけで心が落ち着く。

小椋の怯えた視線だけが、鬱陶《うっとう》しかった。


三神が退学処分になった、という噂は、二学期が始まってすぐに広まった。

その噂と呼応するように、週刊誌に佐倉佐緒里の息子が覚醒剤所持で逮捕という記事が載った。山尾が見せてくれた週刊誌には、どこで調べたのか三神の素行の悪さまで載っている。

「すっげー。クラスの奴が週刊誌に載っちまった。自慢してこねーと」

山尾も加田もこの降って湧いた事件に興奮気味だ。

「井澤っち！」

休み時間に週刊誌を回し読みしていたところへ、青ざめた顔で小椋が声をかけてきた。その顔にはありありと悔恨の表情が浮かんでいたので、恵は立ち上がって彼女を連れて屋上へ向かった。

「どうしたの、小椋さん。そんなに引きつった顔して」

穏やかな笑みを浮かべて恵が口を開くと、小椋は不気味なものを見る目でわずかに身を引いた。

「井澤っち…、あれ、どうなってるのよ…？　だって…ただの小麦粉だって言ったじゃん…ちょっとこらしめるだけだって…っ」

今にも泣き出しそうな顔で、小椋が身を震わせる。周囲に人がいないのを確認して、恵は白い壁に寄りかかって笑った。

「どうしたの、復讐《ふくしゅう》したかったんじゃないの？　すごく怒ってたじゃない」

「そうだけど…でも、でも…っ、まさか本物だったの…っ？」

小椋の動揺ぶりに恵も笑みを引っ込めた。

――佐緒里にもらった金で、売人から少量の覚醒剤を買った。驚くほど簡単だった。小椋には覚醒剤に見せかけた小麦粉だと嘘をつき、三神のポケットに入れろと命じた。いたずらだと信じて、小椋は実行した。

小椋がクラブから出て行くのを確認して、恵は警察に密告した。

そこから先は呆気《あっけ》ないほど簡単に三神は警察に連れて行かれた。無論、使用されてないのが分かれば釈放されるだろうが、こういう問題を起こして学校側が何の処分もしないということは考えられない。案の定、警察から連絡が来た時点で、三神を退学処分にするのが決まったらしい。濡《ぬ》れ衣《ぎぬ》だったたとしても、高校生の身分で酒を飲んでいたこと、いかがわしい店にいたことで、罪は重い。もともと問題児で何度も停学をくらっていた身だ。これ以上は当校では扱いきれないと判断したのだろう。佐緒里でももみ消せないほどの状況が必要だった。三神を退学にするには。

唯一の問題は、三神が恵の仕業と知って警察に話すことだけだったが、それに関しては確信があった。三神は絶対に恵がやったと言わない。同様に小椋がやったとも言わないだろう。

「ここだけの話ね、三神って覚醒剤の常習犯なんだ」

「えっ？」

怯えている小椋の心を和らげてやろうと、恵は真顔で口を開いた。

「だから自業自得なんだよ、小椋さんはむしろいいことをしたんだよ」

「そ、そうなの…？」

よく考えればそんなわけないだろうという話を、小椋は浅はかにも信じた。多分罪の意識があって、それから逃れるためだろう。本当は自分で出来たらよかったのだが、恵が顔を出せば三神が放してくれるはずがない。

「それに…下手に何か言い出さないほうがいいんじゃないかな。あの場に君もいたわけだし…下手すれば君が捕まっちゃうよ」

臆病《おくびょう》な小椋には、その言葉がてきめんだった。真っ青になり、恵にまで「誰にも言わないでね」と釘《くぎ》を刺して去って行った。

小椋が去り、平気で嘘をつける自分に吐き気を感じた。

強い自分になりたい、生まれ変わりたいと願っていたのはこんな自分だったのか。

抜けるような青空を仰ぎ、恵はため息を吐いた。


九月も半ばにさしかかり、少しだけ暑さが和らいだ頃、三神は現れた。

学校帰りの暗くなった道を歩いている途中で、木の陰から目をぎらつかせた三神が現れ、恵の胸倉を摑んできた。

「恵…っ、お前…っ、お前よくも…っ」

三神はやつれた顔をしていた。もともと彫りが深かった顔立ちが、余計にくっきりと浮かんでいる。思ったよりもやってくるのが遅かった。釈放されても佐緒里に家から出るなと言われたのかもしれない。

「レイプの代償としては、安いもんだろ」

平然と恵が言い返すと、三神はショックを受けた顔で摑んでいたシャツを放した。細い通りに人の姿はないが、住宅街だから大声を出せば誰かが覗きに来るだろう。恵は三神から一歩引いて、乱れたシャツを直した。

「三神、俺の前から姿を消せよ。俺はな、お前のその目を見ると、父親を思い出してたまらなく嫌になるんだよ」

恵の冷えた声に、強張った顔で三神が顔を上げる。

「やっとくたばってくれたと思ったのに、また俺を苦しめに来たようにしか見えない。三神、俺がお前を好きになることはない。諦めて、消えろよ」

残酷な言葉を、恵ははっきりと言いきった。

三神と対峙したらもっと動揺するかと思っていたが、心は冷えたみたいに動かなかった。

「嫌だ…!!　お、俺は…お前のあの時の写真、を持ってる…っ、ばらまかれたくなければ俺のモノになれ…っ」

恵に気圧されながらも、三神は悪あがきのようにそう怒鳴ってきた。写真、と聞いて一瞬だけ不快感を覚えたが、心はまったく動かなかった。

「ばらまけば？」

そっけない声で返すと、呆然とした顔で三神が目を見開く。

「お前のものになるくらいなら、ばらまかれたほうがマシだ」

恵の発言は確実に三神を奈落《ならく》の底に落としたらしい。わなわなと震え、三神は可哀想《かわいそう》なほどだった。だが三神を断ち切るには、心底相手に望みはないと分からせるしかない。

「話はそれだけ？　じゃあな」

三神の脇を抜けて歩き出そうとすると、三神が奇声を上げて恵の腕を引っ張ってきた。すごい力で空き地のフェンスに身体を押しつけられ、痛みに眉を寄せたとたん、ぎらりとした刃《やいば》が目に入ってきた。

「終わりじゃない、終わらねぇ…っ、終わらせてたまるか…っ」

大ぶりのナイフを顔に寄せて、三神が息を荒らげる。咽を押さえてナイフを突き出してくるから、抵抗が遅れた。

「お前が…っ、お前でなければ俺は…っ」

突き出したナイフの刃はぶるぶると震えていた。三神がナイフを持っていたことに驚いたものの、その震える指を見て回避は出来ると判断した。

何よりもこの意地の張り合いに負けたくなかった。

三神に絶対に弱みを見せたくない。

「……刺せば？」

あえて恵がそう告げると、三神は驚愕した。

「ここならすぐに誰かが来てくれる。でもお前は俺を刺せば何年か刑務所だな。その間に俺はどこかへ消えてやるよ」

恵の声に打たれたように、三神は大きく身を震わせた。

そして、……ナイフを手から落とした。

「畜生……っ」

ぐっと三神の両手が恵の胸倉を摑んだ。

――三神に勝った、という思いが湧いて出た。これほどに三神を打ちのめす奴など他にいないに違いない。その歯軋《はぎし》りしている顔を見て、レイプされた傷が癒えていく。同じだけの痛みを三神に与えられた。後はさっさと三神という人間と決別するだけだ。

「手を放せよ」

恵が促しても、三神はシャツを摑んだままうなだれている。

「……死ねって言ってくれよ…」

勝ち誇った気分になっていた恵は、三神の言葉に「えっ？」と目を見開いた。

「俺に死ねって言ってくれよ、そうするから…。お前が手に入んなきゃしょうがねぇんだよ…死ねって言え！」

絶望的な声で三神が呻き、頭を胸に押しつけてきた。びっくりしたことに三神が泣いていた。恥も外聞もなく、肩を震わせて泣いている。さすがに予想外で、恵は言葉を失った。

「どうすればお前は俺のものになってくれるんだよ…？　分かんねぇよ…っ」

嗚咽《おえつ》する三神を呆然と眺め、恵は顔を曇らせた。

三神は本気だ。たとえ冗談でも恵が「死ね」と言ったら、その通りにするだろう。三神の執着の深さに恵は寒けを感じ、答えに窮した。いくらレイプされて腹を立てていたとはいえ、間接的にでも殺人犯になる気はなかった。どうして他の人間を探すという発想が出来ないのだろうと呆れ返り、血の繋がりとはそれほど濃いのかと目眩を感じた。

どう答えるか。悩みどころだった。

「……お前が…」

考え込んだ末に、恵は無茶な要求を突きつけることで現状を打破しようとした。

「お前が社会に役立つような人間になったら、考えてやってもいい。俺だけでなく、誰もが認めるような貢献が出来たらな」

思いついたのはそんな内容だった。三神は頭がよくても、他人とのコミュニケーションが苦手で社会に納まる人間ではない。協調、というのがまず無理だし、社会に貢献、に至っては不可能に思えた。

恵の考えはそのまま三神にも伝わった。無理だ、と咽まで出かけているのが見てとれる。

けれど三神は長い間無言になった末に、決意を秘めた目で身を離した。

「分かった」

短く答えて、三神が振り返りもせずに去って行く。分かった、とはどういう意味なのか薄気味悪く感じたが、とりあえず今は三神が消えたことに恵は安堵した。

「無理に決まってるだろ…」

三神に誰もが認めるような貢献など出来るわけがない。恵は安易にもそう決めつけ、胸を撫で下ろしていた。

——そしてそれが三神を見た最後になった。

＊＊＊

あれから八年の歳月が過ぎた。

それなりの大学に入り、大手の飲料会社に勤め、人並みに恋愛を繰り返しているうちに月日は流れた。高校生の頃を懐かしく思い出すことが出来るようになったのは、大人になったということかもしれない。

自分は父親に顔がそっくりだと言われていた。

辞職させられた父は、自分のコピーのような子どもを前にして、失敗のない人生を送らせたいと思ったのだろう。その感情は奇妙に歪んでしまい、過度な執着へ変わった。

今なら多少は父を憐れと思えるようになった。当時は窒息しそうなほど構われて、ただ苦しくてたまらなかった。

父を思い出すと、浮かんでくるのは三神の顔だ。出会ったタイミングが悪かったというか、ようやく父の呪縛《じゅばく》から解放されたと思った頃に会ってしまったから、必要以上に嫌な言葉ばかり投げつけた気がする。時が経つほどに三神の境遇を考え、可哀想な奴だったなと思い出すようになった。

あれから八年が過ぎ、三神がその後どうしているかは分からない。母親の佐緒里はしばらくして芸能界に復帰していたから、自殺したというわけではないだろう。結局母には佐緒里の話も、隠し子である三神の存在も打ち明けていない。最近母はいい人が出来たみたいなので、特に言う必要もないだろう。

「井澤さん、午後からの会議、二階の会議室ですから」

食堂で昼飯を食べ終え、茶を飲んでいると、同じ課の柴崎《しばざき》という女性社員が声をかけてきた。

恵はこの会社で新商品の広告業務をしている。最近異動になったばかりで、覚える内容が多くて大変だ。

「ありがと」

軽く手を上げて頷き、そろそろ課に戻ろうとした恵は、ふと食堂に置いてあった点けっぱなしのテレビに視線が釘づけになった。

『このように地雷撤去の画期的な新製品を発明したミカミ氏は…』

液晶画面には現地のリポーターと、一人の青年が映されていた。褐色の肌の体軀《たいく》のいい男性で、サングラスをかけている上に、熊《くま》みたいに髭《ひげ》を生やしている。名前以外にどこにもあの三神を髣髴《ほうふつ》させるものはないのだが、恵にはすぐ、あの三神だと分かってしまった。

「あ、この人若いのに偉いんですよ。現地でボランティアしてて、頭もよくて、顔は一見こんなですけど、サングラス外したら綺麗な目をしてたし、髭剃《そ》れば結構いけるんじゃないかしら？　なーんて、昨夜見た番組でやってたんですけどね」

楽しそうな口ぶりで柴崎がテレビの画面の青年を指して言う。

「ふ、ふーん…」

顔を引きつらせて恵はテレビを見ていた。

まさか。まさかとは思うが、自分の言った言葉を真に受けてしまったんじゃないだろうな。

確かに社会に貢献しろとは言ったが……。

背筋を嫌な汗が伝い、鼓動が速まった。あれから八年経っているし、三神だって別の誰かを好きになって自分を忘れてくれたかもしれない。

(と、思うのは…俺の希望的観測か…。あの三神だもんな…)

穴の空くほど髭もじゃの青年を見つめ、恵は凍り付いていた。


悪夢はその夜訪れた。

夜中にチャイムが鳴り、ドアを開けたら昼間テレビで見た顔が目の前にあった。

「恵…、会いたかった」

恵は呆然として、やはりあれは三神だったのかと、目の前の男を見上げた。高校生の時も大きかったが、さらに身長がのびて、今や恵よりも一回りくらい大きくなっている。しかも日本人とは思えないほど焼けた肌をし、顔中髭だらけだ。一瞬人間じゃなくて熊が来たかと思ったほど、恵は気が動転した。

「約束だ、俺とつき合ってくれ！」

玄関先で大声で叫ばれ、恵は焦って人さし指を立てた。

「馬鹿、静かにしろ…っ、大体お前どうしてここが…」

「お前の母親に聞いたら教えてくれた。こんな立派な友達がいて嬉しいって言ってたぞ」

数年前から恵は独立し、アパート暮らしをしている。滅多に恵の住所を漏らす母ではないので、よほど三神が上手く聞き出したのだろう。

「俺はこの八年お前のためにがんばってきた。やっと分かりやすい成果を挙げてきたから、帰国したんだ。約束だ、俺を好きになってくれ」

真顔で話し出す三神に、恵は顔を引きつらせた。三神はビデオテープや写真をバッグから取り出し、自分の功績を説明し始める。大量の資料にうんざりして恵は頭を抱えた。

「ああもう、とりあえず中に入れよ」

玄関先で話していたせいで、近所の人間が様子を窺いにやって来た。仕方なく恵は三神を中に入れ、ドアを閉めた。

「恵…」

二人きりになるなり、三神は恵の身体を抱き寄せようとする。その腕を手で撥《は》ねのけ、恵は浴室を指した。

「今すぐ、その変装みたいな髭を剃ってくれ。それに風呂にも入って来い、何だかお前薄汚い。っていうかくさい」

「……そうか？」

三神は自分の臭《にお》いを嗅《か》いでいたが、恵が目で促すと素直に浴室へ向かった。そのまま風呂場に消えた三神を確認して、恵は新しいシャツとズボンを用意した。三神が脱いだ服は泥まみれで、すぐに洗濯機を回す。

三十分後、ようやく恵の知っている顔が現れた。髭を剃って素顔になれば、三神の面影が出てくる。けれどやはり変わった。あの頃の暗い印象は消え、今は好青年といってもいいほどのたくましい姿がある。

「服、洗ってくれてるのか…？　悪い…。あと、玄関先でうるさくしてごめん。追い返されたら困ると思って…」

動いている洗濯機を見やり、三神が申し訳なさそうに謝る。八年の間に自分はまったく変わっていないのではないかと思うくらい、三神は変貌《へんぼう》した。気遣いが出来るようになっている。本当は宇宙人にでもさらわれたんじゃないかと思うくらい、自分の知っている三神ではない。

「三神……、お前は立派だ。だけどな…」

ワンルームのアパートなので、食事をするための小さなテーブルしかない。そこに三神のために缶ビールを出して、恵は咳払《せきばら》いしてそう切り出した。

「本当か？　じゃあ、俺とつき合ってくれるんだな!?」

目を輝かせて三神が腰を浮かせる。変わってしまった三神だが、自分に変に執着しているのだけはまったく変わらないらしい。憐れさを覚えて、恵はため息をこぼした。

「よく聞け、俺はあの時考えてやると言っただけだ。つき合うとは一言も言っていない」

「詭弁《きべん》だ！」

恵の発言に三神は身を乗り出して抗議してきた。恵もそう思わないでもなかったが、まさか本気で実行するとは思っていなかったのだ。ここは何とかして言いくるめるしかない。

「大体お前、あれから八年も経ってるんだぞ。いくらでも出会いなんかあっただろう？　今さら俺とつき合ったたって…」

「お前じゃなきゃ嫌なんだよ！」

恵の声を遮って、三神が手を握ってくる。自分よりも一回りは大きな手のひらに握りしめられ、驚いて恵は目を瞠った。三神は成長しすぎだ。体格差がこれほど出るとは思わなかった。

「お前が欲しい一心で、ずっと来たんだ…!!　お前を俺にくれ！　絶対に幸せにするから！」

くらりと目眩がして恵は三神を見つめた。もし自分が女だったら、今の台詞でころりとまいってしまったに違いない。だが自分は男で、この男とは血の繋がりがある。

「三神、それだけまともになったんなら、少しは道徳心も芽生えただろ？　俺とお前は異母兄弟で、つき合うとかそういう関係にはなれないんだ」

「お前はひどい」

懇々と説得にかかった恵に、三神がじっと見つめて呟いた。その声が切なげで、どきりとして恵は口を閉じる。

「お前は俺の八年間を無にするのか…？　俺はお前じゃなきゃ嫌だ…好きなんだ、ずっとお前のことを考えてつらい時も乗り越えた…。八年経ってもその気持ちは変わらない、今もこうしているだけで欲情している。お前が好きだ、抱きたい…」

啞然《あぜん》として恵は自分の手を握りしめて訴える男を見た。

「いや、だからそれは…分かった、じゃあこうしよう。友達にならなってやるから。な、それでいいだろ？　お前が会いたいならいつでも会ってやるよ。友達としてな」

雲行きが怪しくなってきたのを感じ、恵は三神の手を振り解こうとして懸命になった。ところが三神はさして力を入れているように見えないのに、まったく振り解けない。

「友達じゃ嫌だ。恵、約束は約束だ、俺はお前をもらう」

必死に手を解こうとしているうちに、反対に引き寄せられ三神の腕の中に閉じ込められた。三神は難なく恵を床に押し倒して、覆い被さってくる。ぎょっとして恵は押し返そうとしたが、鉄板でも入っているみたいに三神はびくともしない。

「ちょ…っ」

「恵…」

声をふさがれ、恵は動揺して三神の胸を押しのけようとした。三神の身体は重くてまったく動かない上に、息さえも絡めとられるようなキスをされ、床に腕を縫いとめられる。

「ん、ん…む、ふ…っ」

三神は箍《たが》が外れたみたいに激しくキスを求めてくる。昔だったら噛みついてやったのだろうが、今の恵には無理だった。それにあの頃三神はただの嫌な奴だったが、今は自分のために八年もがんばってきたという重荷があって、強い手を打てなかった。

「三神…っ、お、い…っ」

三神はまるで恵の声が聞こえなくなった様子で、恵の唇を食んでいく。ぬるりとした舌が開いた口に入り込んで、恵はぴくりと腰を震わせた。

半年前に彼女と別れて以来、こういう行為をまったくしていない。舌が絡むようなキスをされ、息が乱れた。

「恵…恵…」

三神は思う存分恵の口内を探り、左手で恵の下腹部をズボン越しに握ってきた。

「ん、や、だ…っ」

恵が身じろぐと、耳朶をしゃぶりながら三神が股間《こかん》を揉《も》んでくる。布越しに強めに刺激され、恵はびくっと身体を震わせた。

「はぁ…お前、がっつきすぎ…」

いくら抗《あらが》っても今の三神の腕の中から逃げ出せないのは身に沁《し》みた。海外でよほど重労働でもしてきたのだろう、三神の腕力はあの頃とはまったく違う。

「しょうがないだろ…八年ぶりのセックスなんだから…」

興奮した息を吐いて、三神が首筋をきつく吸い上げる。

「八年って…お前…まさか…」

呆気にとられて恵は三神を見つめた。まさか自分をレイプしたあの日から、誰とも交わっていないというのか。

「…もういいよ、分かった…。今日は大人しくヤられてやるよ…」

三神の純愛ぶりに根負けして、恵は三神の耳元で囁いた。きつく抱きしめられて、身体が軋《きし》むようだった。


自分で脱ぐと言ったのに三神は待ちきれないといった様子で恵から服を剝《は》いでいった。本当はシャワーくらい浴びたかったのだが、とても三神には通じない。脱いでいる傍からあちこちを舐められ、

揉まれ、キスをされる。

三神にとっても八年ぶりだろうが、恵にとっても男とするのはあの日以来初めてだ。戸惑う間もなく三神に刺激され、身体は素直に反応を返した。

「ん、ん…や、だ…」

三神は四つん這いになった恵の尻のはざまを広げ、長い舌で唾液を垂らしながら舐め続ける。同時に性器を扱かれ、恵はすぐに息が上がってしまった。三神の手の中で勃ち上がった性器は、張りつめて愛撫《あいぶ》を待ち望んでいる。

レイプされた記憶があるからもっと自分の中で抵抗があると思ったが、思ったよりも三神の愛撫は気持ちいいものだった。多分三神が懸命に感じさせようとしているからだろう。

「ひゃ、あ…っ、はぁ…っ」

三神が繋がりたがっているのはすぐに分かった。前への刺激よりも、後ろへの愛撫が執拗だ。あられもないところを舐められ、舌がぐっと潜り込んでくる。そのたびに得体の知れない怖気が走って恵は腰をひくつかせた。

「恵…ここ柔らかくなった…。指、すんなり入る…」

唾液でべとべとにされた尻のすぼまりに、三神の指が埋められる。喩えようのない不快感に恵は床についた腕の中に顔を埋めた。

「言わなくていい…そんなこと、…んっ」

　ぐりっと指が動いて、前立腺《ぜんりつせん》の辺りを弄られる。三神は中に入れた指を出し入れさせながら、ゆっくりと性器を扱いてきた。

「ん、ふ…っ、あ…っ」

　三神の指は穴を広げる動きで何度も出入りする。やがてもう平気と思ったのか、指が二本に増えた。

「恵の尻…綺麗だ、相変わらず毛が薄い…」

　うっとりとした声で、三神は指を入れている辺りを舌で舐め回す。指が増えて苦しくなったが、痛みは感じなかった。それよりも指先が前立腺の辺りを這い回ると変な声が上がってしまいそうなくらいだ。

「はぁ…すげぇ…夢に見てた恵の身体だ…」

　ぐちゃぐちゃと性器を扱きながら、三神が呟く。三神の手が濡れていた。扱かれて先走りの汁が出ている。

「前…もう触るな…。どうせ入れたいんだろ…？　イった後だとつらかったんだ…」

　恵が三神の手を止めて告げると、三神の顔がうっすら赤くなって離れた。

「指…増やしていいか？」

　後ろへの愛撫を熱心に繰り返し、三神が問いかける。

「ん…ふぅ…っ」

頷くとやや強引に三神の指が増やされた。まだ狭いそこは最初指が動くだけで痛みを発した。けれど徐々に力が抜けていき、三神の指を受け入れていく。根気強く愛撫され、三本の指が自由に出入りすると、三神は耐えかねた顔で指を引き抜いた。

「恵…入れていいか？」

忙《せわ》しない様子でまだ着ていた衣服を床に落とし、三神が質量のある熱を後ろへ押し付けてくる。

「ん…」

観念して恵は頷いた。

久しぶりに男を受け入れるという恐怖はあったが、今の三神はそれほど怖くはなかった。痛いといえばやめてくれそうな気がするからかもしれない。

「んあ…ぁ…っ」

三神は後ろから恵を抱きかかえ、ゆっくりと内部に侵入して来た。さすがに大きくて長いモノを入れられて、余裕などない。息を荒らげ、身体を前に逃がし、恵は呻き声を上げた。

「く…っ、…ん…っ、うぅ…っ」

ずるずると三神の熱が奥まで犯してくる。恵が前に逃げると腰を引き戻され、三神の身体がぴったりと密着してきた。

「恵…恵…」

根元まで埋め込むと、三神はあちこちにキスを降らせてきた。そして苦しい息を吐く恵の胸元を宥めるように撫でていく。

「大丈夫か…？」

きゅっと乳首を摘《つま》まれて、恵はびくっと肩を震わせた。数度同じように乳首を弄られ、内部の三神をしめ上げてしまう。

「感じる…？　俺のが恵の中をいっぱいにしてる…」

熱っぽい息を吐き、三神が両の乳首を嬲《なぶ》り始める。

「ふ…っ、ん、ん…っ」

三神は恵の身体に自分の大きさが馴染むまで、動かないでいてくれた。前に触るなと言ったのを忠実に実行し、乳首ばかり弄っている。そこは最初はぼんやりした甘さだったが、しつこく弄られていくうちに腰に痺《しび》れるような感覚を与えた。

「ひ…っ、あ…っ」

恵の身体から力が抜けたのを感じとって、三神がゆっくりと腰を動かした。内部をずるりと熱いモノが動き、恵は甲高い声を放った。

「あっ、あっ、あっ」

三神の律動に合わせて声がこぼれる。

「恵…すげぇ気持ちいい…っ」

三神は上半身を起こし恵の腰に手を置くと、ゆるく突き上げて来た。じっくり慣らしてくれたおかげか、初めての時ほどの苦痛はなかった。あの時は無理やりだったせいもあるだろう。

「う…ん…っ、ぅ…っ、はぁ…っ」

内部を揺さぶられ、喘ぎながら恵は床に肘をついた。すると三神の腕が恵の身体を抱え、ぐっと抱き上げてくる。

「え…っ？　ん、あ…ぁ…っ」

体勢が変わり、あぐらを掻いた三神の膝の中にすっぽりと収まる形になった。三神は平気で恵の足を抱え、繋がった部分をぐちゃぐちゃと動かしてくる。

「ん、や…っ、あ、う…っ」

体勢が変わったことで、感じるところに三神の熱がずんずん当たってくるようになってしまった。思わず恵がのけぞって三神の胸にもたれると、首筋に顔を埋めて噛みつくような真似をした。

「や、め…っ」

過去の記憶が蘇って思わず内部にいた三神をきつく締め上げてしまう。かすれた声を吐き、三神は笑って首筋にキスをした。

「嬉しい…覚えてるんだ…」

三神の嬉しそうな声に、恵は顔を顰めて「馬鹿やろう…」と呟いた。こっちにとってはいい思い出ではないというのに。

「やばい…俺、もう持たない…」

三神はそう呟くと激しく下から恵の内部を突き上げてきた。逃れようにも三神の腕の中で、身動きすら出来ない。甲高い声を放って、恵は咽を反らした。

「んあ…っ、あ…っ、ひ…っ」

内部の感じるところを容赦なく熱で擦られ、恵は我慢出来なくなって自分の前に手を伸ばした。

「あ、あ、ぁ…っ!!」

とっくに先走りの汁で濡れていたそこは、恵が数度擦るとすぐに絶頂に達した。精液を噴き出している最中も奥を深く揺さぶられ、びくびくと身体を震わせる。

「うう…っ」

ちょうど三神も絶頂を迎え、恵の中に熱く迸《ほとばし》るモノを叩きつけてきた。

「はぁ…っ、はぁ…っ」

互いに激しく胸を喘がせた。恵がぐったりと三神の身体にもたれると、三神はしっとりと濡れた恵の身体を強く抱きしめる。

三神には根負けした。

太い腕に抱かれ、恵は余韻に浸りながら負けを認めた。怒りや憎しみにはパワーがいる。もう自分には三神に対する怒りも憎しみも存在しない。その時点で三神に負けている。

「恵、好きだ…俺を好きになってくれよ…」

恵は何も答えなかったけれど、抱きしめてくる腕は振り解かなかった。

愛されたくない2

自分のした行いは、やがて自分に返ってくる。

そう教えてくれたのは誰だったか忘れたが、本当にそのとおりだと井澤恵《いざわけい》は思い知らされた。

現在自分の身体《からだ》に長い腕を巻きつけて眠っている男——満ち足りた顔でよほどいい夢でも見ているのか時々口元が弛《ゆる》んでいるのは、三神恭《みかみきょう》という自分の異母兄弟だ。恵はその腕の重みで目が覚め、少々、いや大いにうんざりとした気分になった。

昨夜、さんざん人の身体を好き勝手にした三神は、疲労のまま眠りについた。自分を好きでたまらないと言いながら、何度恵の中で果てたか覚えていない。恐ろしいことに一週間前に突然訪れてきて恵のアパートに居座った三神は、毎日恵を抱いているのだ。

セックスは嫌いではないし、恵にも成人男子として欲望は存在する。だが、同じ男に、しかも毎晩犯されるのは、好きとは言い難い。一応毎晩拒否しているのだが、三神の情熱と腕力に押し切られ、なしくずしにヤられている。

(だるい……)

三神の腕を押し返し、布団から這《は》い出た恵は、重い身体を引きずって浴室に向かった。

脱衣所の鏡に映った自分の顔を見てため息をこぼす。疲れてげっそりした男の顔が映っている。よく人からすっきりと整った顔をしていると言われるが、その目元には今クマができていて、すっきりを通り越して、どう見てもやつれている。それもこれも三神の底知れぬ性欲のせいだ。

恵は浴室に入り、シャワーを浴びた。少しぬるめの湯を頭からかぶり、全身にこびりついた三神の匂いを消そうとした。身体のあちこちに残った鬱血《うっけつ》した痕《あと》、内部に出された精液は念入りに洗わないと消えそうになかった。

「マジでだりぃ……」

壁のタイルに手をつき、恵は低い声で呟《つぶや》いた。

連日セックスばかりしているせいで、身体はだるいし、腰は重いし、寝不足だし、おまけに体重も絶対に減った。食べても食べても消費されてしまって、セックスのもたらすダイエット効果を身を以《もっ》て知った。それにしても三神の体力には脱帽せざるを得ない。恵はこれだけぐったりしているのに、三神ときたら驚くほどタフで絶倫だ。八年の間、誰ともセックスしていないと言っていたが、その禁欲生活のせいで今、性欲が爆発しているのではなかろうかと思うくらいだった。

身体は疲れ果てていたが、サラリーマンである恵は出社して働かなければいけない。

(今晩帰ったら、三神と真面目《まじめ》に話し合おう)

全身を綺麗《きれい》にした後は、シャワーの湯を止め、恵は固く決意した。

恵が三神と会ったのは、高校三年生の五月という時期だった。

当時恵は父親を亡くし、母と二人で三神のいる地域に引っ越してきた。転校先の高校で会った最初の生徒が三神だった。三神は外見は人目を惹《ひ》く整った顔をして、絶えず女子生徒のとりまきを連れているほどだったが、中身はしょっちゅう問題を起こしている生徒だった。退学処分にならないのが不思議なくらい教師陣からも疎《うと》まれていたが、理数系で全国でもトップクラスに入る頭の良さを誇っていたことと、母親が有名な女優だったおかげで、寄付という形で問題行為が相殺《そうさい》されていたらしい。

その三神は会った瞬間から恵に執着するようになり、何度もしつこく迫ったあげく、恵を監禁して犯すという暴挙に至った。その際、三神と自分は異母兄弟だということが判明し、恵にも衝撃が走った。

結局当時の恵は、三神の行為が許せずに、三神を罠《わな》にはめ、退学に追いやった。それでも三神は恵を諦《あきら》めきれずに、どうすれば好きになるのか聞いてきた。しつこい三神に心底うんざりしていた恵は、「社会に役立つような人間になったら、考えてやってもいい」と言った。

まさか本気で実行するとは思わなかったのだ。

八年経って、三神は恵の元に帰ってきた。

三神はボランティア活動に勤《いそ》しみ、地雷を撤去するのに画期的な装置を開発した。従来よりコストが安く、安全に地雷をとりのぞくことができるそうだ。飢えた子どもや地雷で手足を失った子どもたちに勉強を教えたり、地域の人々が自立できるよう活動していたという。その成果が実り、三神は日本のテレビでもとり上げられるくらい時の人となった。最初は新型の地雷撤去の装置を発明したすごい人ということで注目を浴びたのだが、恵が三神のぼうぼうに伸びた髭《ひげ》を剃《そ》らせたおかげで、今はイケメンボランティア活動家として人気が高まっている。

これだけ社会的地位も確立し、たくさんの人から愛されるようになったのだから、いい加減自分のことは過去の思い出としてくれればいいのだが、三神は未《いま》だに恵に固執している。千人の美女より男の自分のほうがいいというから呆《あき》れる。

大人になった今、恵は三神にしたことに関して、少しだけ負い目を持っている。あそこまですることはなかったかもしれないという反省心が芽生えていたのだ。そのせいもあって、押しかけてきた三神を強引に閉めだすこともできず、ずるずると居座らせるはめになった。

しかしもう一週間も経《た》つのだし、そろそろ今後に関して話し合うべきだと思った。

三神の気持ちはよく分かったが、自分は三神と恋愛する気持ちには至っていない。今はしょうがないか、という情にほだされた状態で居候を許しているだけで、三神と永遠の愛を誓い合う気持ちはみじんもない。そもそも最初から自分はホモではないし、男相手に恋愛なんて考えたこともないのだ。それにもう一つ、少しやばいなと思い始めている自分がいる。

連日三神に愛されて、三神のセックスを気持ちいいと思ってしまう自分がいるのだ。最初は仕方なくヤっていたはずなのに、三神の情熱的な愛し方に、身体がどんどん作り変えられている気がする。あれほど痛かったアナルセックスが、ひどく感じる瞬間があるというか、女性相手では得られないような深い快感を覚える時がある。

このままでは本当にホモになってしまうかもしれない。そんな危機感を抱いて、恵は今夜こそ三神に帰宅を促そうと思った。

「井澤さん、どうしたんですか。病気でも？」

なんとか定刻ぎりぎりに出社した恵に、通りかかった女子社員が声をかけていく。それだけ恵の顔がやつれているということなのだろう。

「何でもないよ」

苦笑して自分のデスクに向かった恵は、鞄《かばん》から栄養ドリンク剤を取り出して飲んだ。まだ二十六歳だというのに栄養剤に頼らなければ仕事ができなくなっているのが我ながら情けない。

恵は大学を卒業した後、大手の飲料会社に就職した。新商品の広告業務というのが主な仕事で、今も秋に売り出す清涼飲料水の最終調整を図り、ＣＭに起用するタレント、売り出す際のキャッチコピーなどを毎日話し合っている。ほぼ連日会議があるにもかかわらず、三神のせいで疲労はピークに達していて、今日もうっかり寝こけそうになった。上司からは疲れているんじゃないかと聞かれ、同僚からは病気を疑われている。

幸いなことに今日は金曜日で、週末は休めるはずだ。今週こそはすこやかな眠りを得たいと思う。最近では会社にいる時だけが、身体を休められる場になっている。

「……で、次に発売する栄養ドリンク剤のＣＭに起用するタレントだが……」

会議室で同じ課の四人と顔を突き合わせていた恵は、渡された資料を見て、飲んでいたコーヒーを噴き出しそうになってしまった。

候補者の写真や宣材資料の中に、よく見知った顔があったのだ。

「これ誰ですか？　俳優？」

同僚の木戸《きど》がコピーされた一枚の紙をひらつかせて聞く。コピー紙にはネットから取り出した写真がいくつか印刷されていた。熊みたいに髭をぼうぼうに伸ばした顔から最近のすっきりした顔までさまざまだ。資料には三神恭、二十六歳と書かれている。

「知らないんですかぁ？　今注目のボランティア活動家の三神さんですよ。私の見立て通り、髭を剃ったらすごいイケメンでした。しかも母親が女優の佐倉佐緒里《さくらさおり》なんです」

柴崎《しばざき》という女子社員が嬉々《きき》として説明する。長テーブルには資料の他にＤＶＤが置かれていて、柴崎は会議室の壁面に設置されたテレビに近づくと、ＤＶＤを再生し始める。ニュース番組を録画したようだ。

「栄養ドリンク剤ということで、やはりタフな男がいいかなと思いました。この方は戦地にも何度も足を運んでいるし、体型もがっしりしているし、何よりイケメンなので女子人気も急成長です。タレント業はしていませんが、撮り方でどうにでもなりますし、素人の分値段も安くすみます」

柴崎はニュース番組の特集で喋《しゃべ》っている三神を見ながら、アピールしている。ついまじまじと画面に見入ってしまった。三神は地雷撤去の装置について淡々と説明している。キャスターの質問にも流《りゅう》暢《ちょう》に答えているし、自宅にいるダメ人間と同一人物とはとても思えない。着ているスーツはテレビ局が用意したものだろうが、ちゃんとした大人に見える。

「へぇー。彼、なかなか見栄えするじゃない」

課長の有田《ありた》は気に入ったらしく、ボールペンを指先でくるくる回転させながら言う。

「や、あの……やはり素人に任せるのは不安ですから、無難なタレントのほうがよくないですか？ほら上木《うえき》君は好感度も高いですし」

このまま三神に仕事を任せる流れになってはまずいので、恵は急いで他《ほか》のタレントの宣材資料を掲げた。上木淳《じゅん》はアイドルグループの一人で、人気もあるし順当にいけば彼で決まりのはずだ。三神とは比べ物にならないくらいギャラは高いが、安心感はある。

「まぁこの中じゃ、上木君ですよね。宣伝費がどれくらいかけられるかにもかかってるけど」

先輩である田中《たなか》も恵に同意する。

「予定額より減らされるって話もあるからな」

有田はしみじみと呟く。一週間ほど前、子会社が起こした賄賂問題で株価が下落し、社内には不穏な空気が漂っている。

「ですからこそ、まだ手垢《あか》のついていない彼を！」

柴崎は熱心に三神を推してくる。個人的興味があるのではないかと恵は疑惑の眼差《まなざ》しを向けた。

「彼、連絡先とか分かってるの？」

有田の問いに柴崎は「テレビ局の知り合いがいますから、聞いてみます」と目を輝かせている。三神のことだから、コマーシャルに出てくれと言っても絶対に頷《うなず》かないだろう。自分がこの件に関わっていると知らなければ、だが。

「俺《おれ》は上木君を推しますね」

万が一にも三神の説得に参加させられないよう、恵はしつこいほどに上木を推した。これだけ推せば、三神に関してはノータッチでいけるはずだ。

「ちょっと上と相談してから決めるわ。それじゃ次、井澤、ポスターのほうは？」

有田が軽く顎《あご》をしゃくる。三神が候補に残ってしまったのが気になるが、恵は自分が抱えている仕事の状況について語り始めた。パソコンから出力した試作用のポスターを見せ、上司の反応を見る。ポスターには若手アイドルが新発売の清涼飲料水を飲んでいる写真が写し出されている。何パターンかあるうちの一つにダメ出しがあり、文字の配置や色について細かく言われた。

仕事をしながらも三神のことが気になって仕方ない。もし自社製品のコマーシャルに起用されたら、三神の呪いと言うしかないだろう。頭の中で危険を知らせるランプが点滅をしているようだ。早く何とかしないと、という焦りを覚え、恵は重い身体を引きずった。

残業を終えて帰宅すると、アパートには三神の姿がなかった。

ワンルームなので隠れる場所などほとんどない。やっと帰ってくれたのかと感激し、恵は肩の荷を下ろした。久しぶりに一人で食事をし、ゆっくり風呂《ふろ》につかり、ビールを飲んだ。一生居座る気なんじゃないかと疑っていたが、三神も大人になって恵が迷惑しているのを理解してくれたのかもしれない。

よかったと安堵し、さぁもう寝ようかと思って布団を敷いた恵は、ドアからガチャガチャと鍵を開ける音がして硬直した。

「ただいま」

当然のような顔をして、ぬーっと家に入ってきたスーツ姿の男が声をかけてくる。恵はショックのあまりあんぐり口を開けた。帰宅した際、ちゃんと鍵はかけた。それなのに三神が何食わぬ顔をして入ってきた――いつの間に合鍵を！

「おっ、お、お前！　俺んちの鍵を何で持ってるんだよ！」

紙袋を提《さ》げて戻ってきた三神は、駆け寄ってきた恵に背中を向けてドアを閉めた。その手には銀色の鍵が光っている。

「言ってもどうせくれないだろうから、勝手に合鍵を作っておいた」

三神は自分の家のような態度で上がり込んでくると、恵が敷いた布団の上に紙袋を置く。

「犯罪！　それ犯罪だから！」

怒りに震えて恵が怒鳴ると、三神が視線を泳がせて紙袋を差し出してくる。三神から鍵を奪い返そうと思ったが、中から出てきた札束につい怯《ひる》んでしまった。

「何だ、その大金は……」

紙袋には百万円の束がいくつか入っている。見慣れぬ大金にたじろいでいると、三神が「下ろしてきた」と正座して答える。

「一緒に暮らしているから家賃と思って……」

三神が淡々と答える。どこから突っ込んでいいか分からず恵は絶句した。目の前にスーツ姿のイケメンが正座しているのが悪夢に思えて仕方ない。ちらりと見たところ束が五つで五百万円というところか。そういえば地雷撤去装置の特許をとったとかなんとか言っていた気がする。それに加え、最近テレビに出ているからギャラも発生しているのだろう。

「……あのな、俺たちは一緒に暮らしていない。お前が勝手に居座ってるだけ。ちょうどいい、話し合おうと思っていたところだ」

恵は三神の前にあぐらを掻《か》いて座ると、当初の予定通り三神と話し合おうと咳払《せきばら》いした。

「本当にそろそろ出て行ってくれないか？　昔のこともあって同情してたっていうか、流されていたけど、もうお前に一週間もつき合ったんだし、十分満足しただろ？　お前も元いた場所に戻れよ。ほら、お前を待ってる人たちがいっぱいいるよ。地雷が埋まってる場所もまだまだあるんだし」

「お前……俺が地雷で吹き飛べばいいと思ってるんだろ」

なるべく冷静に話を進めようと思い、恵は落ち着いた声音《こわね》で訴えた。すると三神の顔が大きく歪《ゆが》む。

「俺はそこまでひどくない！」

三神の勘繰《かんぐ》った発言に、思わず大声が出てしまった。三神の中で自分はどこまで極悪人になっているのか。

「……そういう意味で言ったわけじゃない。そもそも俺はお前のしつこさ……いや熱意に負けて身体を許したが、お前とつき合う気はさらさらないんだ。昔からはっきり言ってるだろ。俺たちは異母兄弟で、恋愛とかありえないんだから」

恵がきっぱりと言い切ると、ふいに三神がずいっと前に出てきた。つられて恵は後ろに身を仰《の》け反《ぞ》らせる。三神は瞬《まばた》きもせずに、じっと恵を見つめる。昔と変わらない強い視線だ。高校生の頃《ころ》ほどのキレそうな雰囲気はないものの、今でもどきりとするほどの目力《めぢから》を持っている。

「だからいい加減俺の家から出て行って、自分の人生を生きてくれよ。三神、俺はお前のこと恋愛対象としては見れない。……聞いてるか？」

恵の言い分を聞いているのかいないのか、三神はひたすら恵を睨《にら》むように見ているだけだ。その視線に辟易《へきえき》して恵が立ち上がろうとすると、急に足首を摑《つか》まれた。

「おわっ」

足首を引っ張られて、恵は体勢を崩して布団の上に尻餅《しりもち》をついた。すると、三神が足首を持ち上げる。三神は躊躇《ちゅうちょ》することなく、恵の足の指を口に含んだ。

「馬鹿《ばか》、やめろって」

慌てて恵が足を引っこ抜こうとするが、逆にしっかり足を抱えられ、指の間に舌を這わされる。寒気とも怖気《おぞけ》ともつかぬものが背筋を走り、恵は両手で三神の肩を押し返した。

「だからそういうのを……」

今日こそは流されまいと、恵は本気で抵抗した。三神を足で蹴飛《けと》ばし、離れようとした。けれど恵が力を込めたとたん、三神まで本気になったようにすごい勢いで伸し掛かってきた。

「何で恋愛対象として見れないんだ！」

怒鳴りながら布団の上でマウントをとられ、恵は目を見開いた。三神は険しい顔立ちで恵の着ていたスウェットの上を無理やり頭から引き抜こうとする。びっくりしてまごついているうちに、すぽんとスウェットが抜けてしまった。

「何でって、だから言ってるだろ？　俺たちは……」

まったく理解してくれない三神に苛立《いらだ》ち、恵の声も尖《とが》っていく。三神が覆い被さってキスをしようとしてきたので、両手で顔を押しのける。

「でもセックスできるだろ!?　ちゃんといつも感じてる！」

三神が恵の腕を力でねじ伏せ、布団の上に縫いつける。三神は鍛え上げた肉体をしていて、力で押し切られると恵は立場が弱い。腕の自由が利かなくなったので蹴ろうとしたが、その前に重い身体が恵の腹に乗っかってきた。

「セックスできたら恋愛対象になるわけじゃないだろ？　単なる生理的欲求なんだから」

三神の言い分に呆れて眉《まゆ》を寄せると、三神の顔が胸元に近づいてきた。スウェットの下に薄いTシャツを着ていたのだが、三神は布の上から乳首を舌で舐《な》めまわし始める。急いで身をよじったが、三

神の体重が伸し掛かってきて逃げられない。

布の上からだというのに舌で乳首を刺激されると、すぐにそこが硬くしこってきた。三神は布を濡《ぬ》らすように乳首に吸いついてくる。その光景がひどくエロくて、恵は動揺した。

「やめろって……、今日は話し合いを……」

恵が身をよじって三神の行為から逃れようとすると、執拗《しつよう》についてきて歯で甘く噛《か》んでくる。布を押し上げるほどに乳首が尖ると、三神は反対の乳首も同じように刺激する。恵は必死になって抵抗していたが、三神の愛撫《あいぶ》に慣れた身体は、乳首を弄《いじ》られて呆気《あっけ》なく火がついてしまった。

「う……」

三神に布越しに強く乳首を吸われ、思わず息が詰まった。三神が舐めまわすから乳首の辺りだけTシャツが濡れている。それがひどくいやらしい光景に見えて、恵は熱い息をこぼした。

「乳首愛撫するだけで、感じてるじゃないか……。ほら、熱くなってる」

三神が身体をずらして、恵の股間《こかん》辺りに身体を押しつけてくる。そこが変化しているのが如実に分かり、恵はため息をこぼした。

「だから……生理的なものだって言ってるだろ。感じるところを触られたら、お前じゃなくても気持ちよくなるんだよ。よっぽどキモい相手でなければ」

三神相手に優しい言葉をかけても無駄なのは分かっているので、恵は辛らつな台詞《せりふ》を吐いた。案の定三神はムッとしたように恵を睨みつけ、首筋に顔を寄せてきた。

「いって……っ！」

三神に首を噛まれ、恵は顔を顰《しか》めて仰け反った。行為の最中にも時々こんなふうに噛みつかれることがある。昔のように血が出るほどではないが、子どもっぽく見えて恵は好きではない。

「俺は出て行くつもりはない。八年も待ったんだから、お前から絶対離れない」

意固地になったように三神が呟き、恵の耳朶《じだ》に吸いつく。耳に濡れた音が響き、恵は身をすくませた。三神は恵の耳の穴に舌を差し込んだり、ふっくらした部分を甘く噛んでくる。セックスにおいての三神のやり方はかなりねちっこくて、ふだんは感じないような場所でも無理やり快楽を引きずりだされることがある。

重なっている三神の腰はとっくに熱くなっている。こうなるともう三神がやめてくれるはずはなく、恵は半分諦めの境地に至って力を抜いた。恵自身、気持ちいいことは嫌いではないから、いつも三神に根負けしてしまうのだ。

「お前が兄弟じゃなかったら、警察にストーカー被害出してるぞ。……んっ」

呆れてぼやきつつ、恵は背筋にぞくりとしたものが走って甘く呻《うめ》いた。首筋をきつく吸われて、感じてしまった。三神は恵の小さな反応も見逃さず、同じ場所に舌を這わせてくる。

「恵……好きだ、何で俺を好きになってくれないんだ。俺以上にお前を愛する奴なんてこの世にはいない」

恵が抵抗をやめたのを感じとり、三神が切ない声で呟きながら拘束していた手を離した。三神は恵のTシャツを捲《まく》り上げ、直接乳首を摘《つま》んでくる。布団に転がった恵は、赤くなった手首を眺め、眉根を寄せた。

「ん……っ」

乳首に甘く歯を当てられ、腰に電流が走る。三神のせいで、そこはすっかり性感帯だ。三神は恵の乳首を吸いながら、空いた手でスウェットの下を脱がしにかかった。下着ごとずり下ろされて、恵は腕で自分の顔を隠すようにする。

「恵……恵……」

三神は恵の身体中にキスをしていくと、むき出しになった性器を躊躇なく銜《くわ》える。そこは三神の愛撫ですでに芯《しん》を持っていて、口で愛撫されるとよりいっそう硬くなった。三神の口の中は熱くて気持ちいい。今までつき合ってきた女性と比べても一番フェラが上手《うま》いと思うくらい、美味《うま》そうに頬張《ほおば》る。しかもほぼ連日されているせいか、身体が勝手に反応してすぐ張り詰めてしまう。

その上、三神はフェラしながら尻の奥に指を入れてくるから、たちが悪い。

「もう……マジでたまには入れないでやってくれよ。腰がだるくなるんだから」

最後の抵抗と思い、三神の頭を押してみたが、余計に指を奥まで入れられる始末だ。前立腺《ぜんりつせん》を弄られながら口で愛撫されると、恵がすごく感じるのを分かっている。

「……はぁ……、は……」

三神の愛撫する濡れた音が室内に響く。恵は熱い吐息をこぼして、布団に頬を擦《こす》りつけた。三神の指は根元まで入ってきて、恵の内部を蹂躙《じゅうりん》してくる。たいして濡らされていないのにすんなり指が入ってくるのも嫌だが、前と後ろを責められて、身体が勝手にひくひくするのが情けない。三神は日ごとに恵の身体を熟知していって、今や自分でするより数倍気持ちよくさせてくれる。

確かにこの世に三神以上に自分を感じさせてくれる人はいないかもしれない。

恵は紅潮した頬を布団に押しつけ、甘い声が上がりそうになるのを堪《こら》えた。三神の口の中で、恵の性器は反り返り、熱を持っている。先端を強く吸われると、そのまま射精してしまいそうなほどだ。

「恵……、恵」

三神は恵の性器が十分に張り詰めたのを確かめ、口から吐き出した。三神がキスしようとしてきたので、恵は頑《かたく》なに布団に突っ伏した。すると三神がムッとしたように、尻から指を抜いた。

「わ……っ」

三神は恵の腰を掲げさせると、尻たぶを摑んで広げてきた。そして尻の穴に舌を這わせてくる。何ともいえないぞくっとした寒気を感じて、恵は腰を動かした。粘膜で尻の穴を舐められると、勝手に腰が震えてしまう。

「それ嫌だって言ってる……」

恵が文句を言っても、三神は聞こえないふりで恵の尻の穴に舌を差し込んでくる。鳥肌が立って、恵は布団を乱した。最初は気持ち悪くてたまらないのに、しだいにこの上ない快楽に繋《つな》がるのを恵は知っている。徐々にそこが柔らかくなり、三神の舌が内部に入ってくると、甲高い声がこぼれるのを止められない。だから嫌だと毎回言っているのに、三神は執拗なほどそこを愛撫する。

「……はぁ……はぁ……、あ……っ」

三神の指が尻の穴を広げて、中に舌を差し込もうとする。思わず引っくり返った声が上がって、恵は太ももを震わせた。三神は両方の指を一本ずつ差し込んで、尻の穴を広げようとする。

「うー……、ん……っ、ぅ」

指と舌で奥を探られ、恵は声を詰まらせた。ふいに入れた指がぐりっと感じる場所を突いてきて、「ひぁ……っ」と甘い声が漏れる。慌てて腕で口をふさいだが、三神が何度も同じ場所を擦ってくるので、腰が跳ねて仕方ない。

「はぁ……、もう我慢できない」

三神は唾液《だえき》で濡れた唇を腕で拭《ぬぐ》い、やおら身体を離した。性急にベルトを外し、とっくに硬く反り返った性器をおもむろにとりだしてくる。三神はこれだけ毎日恵を抱いているのに、いつもまるで長い間禁欲していたみたいに恵を貪《むさぼ》る。

「おい……、スーツ脱げよ。しわになる」

三神がまだスーツ姿なのが気になり、恵は声をかけた。けれど三神にはどうでもいいことだったのか、勃起した性器を恵の尻の穴に宛てがってきた。

「ンう、う……」

ぐぐっと硬度のあるモノが内部に入ってきて、恵は息を呑《の》んだ。三神は息を荒らげつつ、恵の中に腰を進めてきた。何度挿入を繰り返しても、これだけは慣れることがない。三神の大きなモノで小さな穴が広げられる感覚。熱くて硬い、凶器を埋め込まれていく。

「ん……っ、ん……っ」

三神の性器がずずっと内部を這ってくる感触に息を張り詰め、恵は足を震わせた。三神は半分ほど性器を埋め込んだ後、暑そうな顔でジャケットを脱ぎ捨てた。

「恵……、気持ちいいのか？　もうイきそうだ」

三神が恵の腰を撫《な》でながら囁《ささや》く。三神の手が前に回り、恵の濡れた性器を撫でた。先端から先走りの汁があふれている。男の性器を銜え込んで感じている自分は、恵の羞恥心をくすぐる。軽く握られて思わず内部の性器を締めつけると、三神が気持ちよさそうな声を出した。

「恵……、恵……」

三神は恵の背中や肩にキスを降らせ、さらに奥まで侵入してくる。ぐっと根元まで突き上げられ、恵は鼻にかかった声を上げた。

「こんなに感じてるのに……俺のこと好きじゃないって言うのか？　ほら、イイだろ？」

じれたような声で三神が優しく律動してくる。内部を揺らされ、恵は必死に声を我慢した。中を熱くて硬いモノが行き来するたび、甘い声がこぼれそうになる。自分の尻の奥が、女性器のようにひくつき始めるのが分かる。

「何で我慢してるんだ」

三神が苛立った様子で恵の乳首を軽く摘《つま》んでくる。くりくりとされて、恵は無意識のうちに銜え込んでいる三神の性器を締めつけた。乳首と内部は連動しているのか、そこを刺激されると、弱い。

「ん……っ、んっ」

恵が自分の腕に口を押し当てて声を殺していると、三神の腕が回ってきて、両腕をとられた。三神は恵の二の腕を摑み、ふいに身体を持ち上げてきた。

「な……っ、んっ、……っ」

体勢が変わり、恵は膝《ひざ》立ちになり、尻を突かれる状態になった。三神は恵の腰に性器を出し入れしながら、首筋に吸いつく。

「あ……っ、あっ、あっ」

小刻みに腰を突き上げられ、恵は声が殺せなくなって嬌声《きょうせい》を上げた。身体が熱くなり、突かれる奥が蕩《とろ》けていくのが分かる。こうなるともう我慢するのは無理で、三神の性器で犯されるのがたまらなく心地よくなる。

「びしょびしょになってる……、恵、気持ちいいんだろ？」

三神が耳元でいやらしく囁く。三神の言うとおり、恵の性器は先走りの汁で濡れて揺れている。イきたくてたまらないのに、両腕を摑まれて扱《しご》くこともできない。

「恵……、今日は尻でイってみる……？」

耳朶に唇をくっつけて、三神が囁いた。恵はそれまでとろんとした顔になっていたが、ふいに冷水を浴びせられたように身を震わせた。

「馬鹿……、そんなの嫌に決まってるだろ」

男の性器で突かれるのは気持ちいいが、そこで達してしまうのは抵抗があった。恵が急にみじろぐと、三神は強い力でそれを制してくる。

「何でだよ……いいだろ、俺の女になってくれよ」

三神はわざと恵が嫌がる言い方で煽《あお》ってくる。恵がカッとなって震えるのを愉《たの》しんでいる。本気で嫌だと思ったのに、急に激しく腰を動かされて、恵は胸を上下させた。

「や、ぁ……っ、嫌だ、三神……っ、あ……っ」

恵がかすれた声になると、三神は煽られたように腰を突いてきた。感じる場所をガンガン突かれ、恵は真っ赤になって身悶《みもだ》えた。尻だけでイけるわけがないと思ったのに、奥まで性器を入れられてぐりぐりされると、喘《あえ》ぎ声が次々と漏れた。

「やだ、や……っ、あ…っ、ひぁ……っ、ぁ……っ」

前のめりになって甲高い声を上げる恵に、三神は執拗に奥を揺さぶってきた。快楽が身の内にたまり、腰から下に力が入らなくなっていく。きゅうきゅうと内部がひくつき、恵は絶え間なく呼吸を繰り返した。

「あ……っ、あっ、あっ、あっ、やだ、ぁ……っ」

三神は疲れを知らぬように長時間恵の奥を責めてきた。深い奥をぐちゃぐちゃにされて、太ももがぶるぶる震える。嘘《うそ》だ、まさか、と思ったのに、三神の執拗な責めに恵の身体が呆気なく堕《お》ちた。

「ああああ……っ!!」

奥をかき混ぜるようにされた時、恵の性器から白濁した液体が吐き出された。信じられないほど深い快楽が脳天まで駆け抜け、ひどく大きな声が口からこぼれた。布団の上に精液が飛び散り、恵はがくりと力を失った。すかさず三神が恵の身体を抱きしめ、忙《せわ》しない息を吐きながら腰を震わせてきた。

「ひ……っ、ひぁあ……っ」

内部に三神の精液が吐き出されているのが分かる。恵が胸をひくつかせつつ喘ぐと、三神が乱暴に頭を擦りつけてきた。

「はぁ……っ、はぁ……っ、すげぇ気持ちいい……っ、恵、中でイけたな……」

三神は興奮した様子であちこちにキスしてくる。恵はぐったりして息も絶え絶えだった。中で絶頂を迎える感覚は、前でイくのとはぜんぜん違う深いもので、全身が甘く痺《しび》れていた。

「もっとイかせてやる、俺以外とつき合えなくなるくらい」

三神はそう言うなり、恵の内部から性器を引き抜いた。ずるりと濡れた異物が身体から離れ、恵は布団に倒れ込んだ。三神はコンドームの存在を知らないかのように、毎回恵の中に精液を注ぎ込んでくる。もし自分が女性だったら、きっととっくに孕《はら》まされている。今も太ももに三神が出した精液が垂れてきて気持ち悪いくらいだ。

「ちょ……っ、待て……、馬鹿」

三神は恵の身体を仰向けにすると、両足を抱え込んで折り曲げてきた。まだ息も整わないうちから三神の性器が再び内部に入り込んでくる。続けてやられると腰がだるくなるのでやめてほしいのだが、三神は人の気持ちなど無視して勝手に侵入してくる。

「う、ぁ……あ……、はぁ……っ」

ずぶずぶと濡れた内部に三神の性器が潜り込んでくる。三神の性器は射精したはずなのに硬度を保っていて、内部で息づいている。一度達した後の三神は厄介だ。長時間かけて恵を犯してくるのだ。

「うく……、ぅ、はぁ……っ、はぁ……っ」

三神は恵を抱きしめるように身体を繋げてきた。さすがに汗を掻いてきたのか、ネクタイを弛め、シャツのボタンを外していく。三神は串刺しにされて身悶えている恵を見下ろし、興奮した目つきでネクタイを部屋の隅に放った。

「身体繋げてる時だけは……お前を手に入れた気がする」

息を乱しながら三神が恵の額にかかった髪をかき上げた。汗ばんで髪が肌に張りつき、気持ち悪い。三神はじっくりと恵の顔を眺め、唇に舌を這わせてきた。奥に埋め込まれた熱は、存在を主張するようにどくどくしている。さっき中で達したせいか、動いていないのに奥に性器があるだけで腰が時おりひくつく。

「んん……っ、ぅ……っ」

三神は恵の顔中を舐めまわし、指先で乳首を弾《はじ》く。全身が敏感になっていて、ささいな刺激にすら腰にずきりと甘い電流が走る。

「好きだ……恵、お前以外いらない……」

三神はうわごとのように呟きつつ、恵の唇を吸ったり舐めたりしてきた。それに恵が応えることはなかったが、繋がっているせいか身体はどんどん熱くなっていた。わずかに三神が腰を揺らしただけで、ひくんと腰が揺れる。

三神は休憩することなく恵の身体のあちこちを撫でたり揉んだりして、絶えず刺激を送ってくる。

手だけではなく唇や舌、時には鼻先を押しつけて恵を感じさせようとする。毎回三神に流されてしまうのは、その熱心な愛撫に根負けするというのもあった。今まで恵は抱いた女性にここまで奉仕したことはない。三神が自分を心底好いているのは恵にも分かっていた。

「……動かないのか？　重いよ……」

恵の身体をしきりに愛撫する三神だが、なかなか腰を動かさない。恵が焦《じ》れたように言うと、三神が首筋をきつく吸ってくる。

「奥、ぐちゃぐちゃにしてって言ってくれたら動く」

熱い吐息をこぼしながら三神が囁く。恵は眉根を寄せて、深いキスをしようとする三神の顔を押しのけた。

「死んでも言うわけないだろ……」

くだらない言葉を望む三神に嫌気が差し、恵は軽蔑した声を出した。三神がムッとしたように乳首を引っ張る。

「ん……っ」

乳首をくりくりとされて恵が乱れた声をこぼすと、三神は腰を回すようにして内部の性器を動かした。恵は爪先をぴんとさせて快楽に耐えた。

「言えよ……恵、俺ので犯されるのが気持ちいいって……」

はぁはぁ息をさせながら、三神が我慢できなくなったように小刻みに腰を揺らす。さざ波のように快楽が襲ってきて、恵は悶えた。

「馬鹿……、言うわけない……、ぁ……っ、ん……っ、んっ」

三神の望むような言葉は口にしなかったが、身体はかなり蕩けるようになっていて、喘ぎ声を殺すのは無理だった。しだいに三神のスライドが深くなっていて、突き上げるたびに奥から濡れた音が響き渡る。奥で出された精液が泡立っていて、淫《みだ》らな音を立てるのだ。

「言ってくれよ……、はぁ……、は……っ、ほら、お前のここ、すごい音してる」

三神は上半身を起こすと、恵の足を押さえつけて、腰を激しく振ってくる。三神の腰の動きに合わせて、ぬちゅぬちゅと濡れた音が響いて目眩《めまい》がした。

「女みたいに俺のを銜え込んで……っ、はぁ……、はぁ……、すげぇやらしい……、中ひくついてる……」

三神は性器をわざとゆっくり引き抜いて、一気に奥を突き上げる。その衝撃に、恵は甲高い声を上げた。快楽が強すぎて、声を出さないと耐えられない。

「も……、やめ……っ、あっ、あっ、ひぁあ……っ」

スローな動きで揺さぶってきたと思うと、ふいに激しく奥をガンガン突き上げてくる。緩急をつけた動きに翻弄され、恵は目尻に涙を溜《た》めながら嬌声をこぼした。

「もう俺の女だろ……？　なぁ、俺のものだって言ってくれよ……、恵、はぁ……はぁ……」

三神は恵の両足を大きく広げ、ずぷずぷと出し入れを繰り返す。奥は火傷しそうに熱くなっていて、二度目の射精に向かっていた。このままではまた尻でイかされてしまいそうで、恵は自分の性器に手を絡め、射精しようとした。するとそれに気づいて、三神がまた両腕を掴んでくる。今夜はとことん中で感じさせようという気らしい。

「俺ので突かれて、イけよ……。中でイくまで、ずっと突くから」

乱れた息遣いをしながら、三神が腰を律動する。がくがくと身体が揺さぶられ、恵は甘い声を漏らした。奥での快感をこれ以上知りたくないと思うのに、三神が断続的に突き上げてきて嫌でも感じてしまう。カリの部分で奥をぐりぐりされると、鼻にかかった声があふれる。

「ぅあ、あ……っ、あ……っ、はぁ……っ、ひ、ぁ……っ」

何度も奥をかき乱され、恵は仰け反って喘いだ。自分で快感をコントロールできないというのがこれほどつらいとは思わなかった。

「激し……っ、やめ、やだ……っ、あっ、ひ……っ、んぅ……ッ」

再び深い快楽が全身を包んできて、恵は乱れた声を上げた。汗ばんだ身体を布団に押しつけ、紅潮した顔を振る。女性みたいに喘いでいる自分がみっともないと思うが、ガンガン突かれて脳が蕩けそうになっている。

「ひぁ、ああ、あ……っ、あー……っ、あー……っ」

恵があられもない声になると、三神は余計興奮したように、奥を激しく責め立ててきた。ぐちゃぐちゃと濡れた音が耳からも刺激する。恵は自分の奥が三神の性器を締めつけるのを感じた。まるで火花のように、大きな快楽が恵をさらう。

「あああああ……っ!!」

身体が壊されるようにめちゃくちゃ揺さぶられて、気づいたら恵はまた白濁した液体を吐き出していた。目の奥がちかちかして、無意識のうちに三神の腰にきつく足を絡めていた。胸や腹の辺りに精液が撒《ま》き散らされ、涙がこぼれる。獣のような息が口から漏れて、恵は自分が失神するかと思った。

「う……っ、く、はぁ……ヤバかった」

三神は顔を大きく歪め、恵の手をやっと解放してくれた。そして恵の足を抱え上げると、怖いくらい激しく奥を突き上げてくる。

「ひあぁ……っ、やめ……っ、待って、止めて……っ、はぁ……っ、はぁ……っ」

絶頂直後の奥を揺さぶられて、恵は悲鳴のような声で身悶えた。身体中震えて、おかしくなりそうだった。内部の三神の性器は大きく膨《ふく》れ上がって、恵の内部を蹂躙する。

「うぁ、ああ、あああ……っ」

恵の制止の声など届かないように、三神は欲望のままに腰を突き上げる。荒波にもまれた魚のように身体を跳ね上げ、恵はいつ果てるとも知れない三神の行為につき合わされた。

空が白み始めた頃、三神はようやく疲れたように行為をやめてくれた。体位を変えて何度も突かれ、恵はもう精根尽き果てていた。やられるこっちも大変だが、恵を抱く三神の底知れぬ体力には脱帽する。

「三神……、世の中の常識じゃな……好きな奴の嫌がることはしないことになってるんだぞ」

布団の上に身体を投げ出し、乱れた呼吸を繰り返しながら恵は呟いた。身体中精液にまみれている気がするほど、互いの匂いがきつくなっている。布団も汚れてしまったし、髪にも精液がついていて気持ち悪い。

「嫌がってない」

三神は布団に突っ伏し、子どもみたいにふてくされた声を出す。

「一回、二回なら俺も嫌じゃないよ。こんなに長時間やられるのが嫌なんだって。俺の体重が激減してるの知ってんのか？　このままじゃヤり殺される」

三神の返答に苛立ち、恵は疲れた手で三神の頭をべちっと叩《たた》いた。三神が汗ばんだ顔をこちらに向ける。

「俺と一生つき合ってくれるならセーブしてもいい」

アホな発言をする三神に脱力し、恵はうんざりして背中を向けた。

「何で交換条件出してんの？　あのなぁ、三神。俺はいずれ結婚して子どもつくって豊かな老後を目指してるんだ。いくらお前でも女になれないだろ」

ため息と共に呟いた後、三神の沈黙が気になって恵は振り返った。真剣な顔で考えている三神を見て、慌てて言い直す。

「女って、生物学上の女だぞ？　俺は子どもがほしいの、俺がホモになったら母さんが可哀相《かわいそう》だろ。お前が子ども産めるっていうなら、俺だって根負けしてつき合ってやってもいいよ」

三神が勘違いして変な行動に走らないように、恵はきっぱりと言い切った。三神なら本気で女になってしまいそうだ。恵にはニューハーフとつき合う気はない。

「そんなの無理だ。どうしてできないことを言うんだ。子どもが欲しいなら体外受精だって代理母だって手はあるだろ」

三神が食い下がってきて、恵の身体に再び伸し掛かってくる。

「だからどうして俺がそんな譲歩をしなけりゃなんないんだよ……。三神」

三神の身体を押し返し、恵は上半身を起こして眉根を寄せた。

「何度も言うけど、昔と違って今はお前のこと嫌いじゃないよ。ここまで人生を俺に捧げてくれて、感心してるくらいだよ。だけどな、お前相手に好きだの愛してるだの、絶対言えない。お前はそういう対象じゃないんだよ。嫌いじゃない、でマックスなんだ」

恵が自分の想いを赤裸々に語ると、三神は苦しそうに唇を噛んで恵を睨みつけてきた。最近三神の考えていることが分かるようになっている恵は、続けて目を細めて語った。

「身体から俺を籠絡《ろうらく》しようとしてるらしいけど、それもはっきり言って無理だから。男がほしくなったら、二丁目でも行って捕まえてくる。ケツで感じても、お前じゃなくても平気なんだって。俺、そういうとこ軽いから」

三神の希望の芽を潰《つぶ》すように、恵はばっさりと切ってやった。三神はショックを受けたように固まっている。本当に男なしじゃいられない身体にするつもりだったらしい。三神は頭はいいかもしれないけれど、情緒面では相変わらず子どもっぽい。

「分かったら少しセーブしてくれよ。俺だって鬼じゃないから、しばらく居つくのくらい許すよ」

言いたいことを全部告げると、恵は疲労困憊《こんぱい》して横たわった。三神はやっと恵の言い分を理解してくれたようでどんよりしている。恵も他の人間にはここまで露骨なことは言わないが、三神は勝手に自分に都合のいい解釈をしてしまうので、必要以上にきつく言う必要があった。

これで少しは三神も大人になってくれるといいのだが。

窓から聞こえる鳥の鳴き声を耳にしながら、恵は目を閉じて眠りについた。


休日ということもあって、恵は心ゆくまで眠りを貪った。

目覚めた時はもう夕方五時で、窓の外は日が落ちていた。いい匂いがすると思って顔を向けると、テーブルの上にご飯が用意されていた。驚いて目を丸くすると、キッチンに三神が立っている。

寝癖のついた髪をかきむしり、恵はのっそりと起き上がった。テーブルの上には湯気を立てているご飯、肉野菜炒め、お味噌汁《みそしる》が並んでいる。三神がうちに来てから一週間以上経つが、料理ができるとは知らなかった。

「起きたか」

三神は漬物と急須をテーブルの上に運んで、お茶を淹《い》れ始める。三神はいつの間にか買い物に行っていたようで、Tシャツにジーンズ姿だ。まだ裸だった恵は、困惑した様子で三神を見上げた。

「お前のために作った。食べてくれ」

三神に箸《はし》を渡され、恵は毛布を身体に巻きつけた状態でテーブルの前にずりずりと移動した。シャワーを浴びたかったが、湯気の立った味噌汁が美味そうで我慢できなかった。お腹がぺこぺこだったのだ。

「いただきます」

箸を握って恵は三神の作った食事を食べ始めた。大味でいかにも男の料理といった感じだが、とても美味くて箸を止められなかった。恵はほとんど料理をしないので、久しぶりの手料理だ。

「お代わりもあるぞ」

空になった茶碗《ちゃわん》を見て、三神がいそいそとお代わりをよそってくれる。どうやら新たな手に出たらしいと思ったが、料理は美味《おい》しかったので恵は素直にぱくついた。

「ごちそうさん。美味かったよ」

満腹になると箸を置いて恵は大きく伸びをした。

「シャワー浴びてくる」

腹が満たされたので、恵は次に身体を清めた。風呂場の鏡で三神につけられたキスマークをチェックしながら全身を綺麗にした。

さっぱりとして着替えを終えると、布団はいつの間にか片づけられ、汚れた衣類は洗濯されていた。家事に励む三神を見て、恵は思った。

(やれるなら、もっと早くやってろよ!)

この一週間、セックスしかしていなかった三神に突っ込みをいれたくてたまらなかったが、家事を代わりにしてくれるのは大変助かる。しかし居候させてやっているのだから、これくらいではほだされはしない。

風呂上がりのビールを飲みながら甲斐甲斐《かいがい》しく掃除をしている三神を眺めていると、玄関のチャイムが鳴った。

土曜の休みに客が来る予定はない。宅急便だろうと思いインターホンを覗《のぞ》くと、見知らぬ女性が立っている。年齢は二十代半ばの化粧気がない童顔の女性だ。

『すみません、前橋愛《まえはしあい》という者ですが、そちらに三神さんはいらっしゃいますでしょうか？』

真剣な顔でインターホン越しに愛と名乗った女性が語りかけてくる。

「いますけど……」

恵はちらりと三神を見た。三神は掃除の手を休め、「無視してくれ」と答える。無視しろと言うが愛は画面越しに張りつめた気が伝わってくるほど思い詰めた顔をしている。緊急の用でもあるのだろうか。それに三神の知り合いみたいだから、恵としては救いの神になるかもという思いがあった。

「どうぞ」

恵がドアを開けると、愛はホッとしたように強張《こわば》った笑顔を見せた。笑うと可愛《かわい》らしい。どういう関係なのだろうと気になりつつ、愛を家に招き入れた。愛は紺色のリクルートスーツ姿で一礼すると、奥にいた三神を見て目を潤《うる》ませた。

「三神さん、ここにいたんですね！　探しましたよ！」

愛は悲愴な顔つきで三神に向かって叫ぶ。三神は面倒そうに愛を見やり、そっぽを向いた。

「えーと、あの……？」

恵が窺《うかが》うように愛を見ると、すっと名刺が差し出された。ＮＰＯ《エヌピーオー》法人《ほうじん》海外ボランティア青年隊、東京《とうきょう》支部と書かれた下に前橋愛の名前がある。

「私、三神さんと一緒にアフガニスタンやイラク、スーダンなどで活動していた者です。同じチームでリーダーである三神さんの下で働いていました」

愛はこれまで海外で行った活動などを恵に説明し始めた。それによると、三神をリーダーとするボランティアグループがあって、地雷撤去や食料配給、井戸や学校の整備など幅広くやっていたらしい。

「三神さんは本当に素晴らしい方で、現地のどんな方とも対等に渡り合っていました。特に語学に関してはどこの国の言葉でも一週間もあればすぐ会得して、私たちの中では語学の天才と呼ばれていたほどです」

お茶を淹れて三人でテーブルを囲むと、愛は尊敬の眼差しで熱く三神を語った。その間、三神はずっとそっぽを向いている。

「三神さんと貧しい国のために働いている間……本当に楽しかったし、誇りに思っていました。三神さんの発明した地雷撤去装置もたくさんの国で受注されて、これで活動ももっと前進できると信じていたんです」

愛は出されたお茶に手をつけず、切々と訴える。その表情に翳《かげ》りが帯び、悲しげな目で三神を見つめる。

「それが日本に帰国したとたん、まったく連絡がつかなくなり、消息が不明となりました。携帯電話に何度留守電を入れてもなしのつぶてです。私たちは四方八方に手を尽くし、三神さんの行方を追いました。先日、やっとテレビ局の友人が三神さんの連絡先を内緒で教えてくれて、こうしてここに来れたんです」

愛は潤んだ目で三神を詰《なじ》る。

「お前……何で連絡してやらないんだ」

これまで一緒に活動していた人たちに連絡も入れずにいたとは知らなかった。恵が呆れて言うと、三神が眉根を寄せる。

「スマホは初日に捨てた」

愕然《がくぜん》とする答えが返ってきて、愛が悲鳴を上げる。そういえばうちにいる間、三神がスマホらしきものを触っているのを見たことがない。

「……井澤恵さん、ですよね」

三神の態度に顔を顰めていると、急に居住まいを正して愛がこちらを見つめる。

「はぁ、そうですが」

嫌な空気を感じて恵は引き気味に答えた。

「三神さんがあなたをお慕い申し上げているのはよーく知っています」

案の定、愛は恵の顔が引き攣《つ》るような発言をする。

「し、知ってるって……」

強張った顔で三神をぎろりと睨むと、愛は唇を嚙みしめ目を伏せた。

「私、恥ずかしながら三神さんを好いています。何度もアタックしました。そのたびに、三神さんは恵さん以外は興味ないと……。どんな美女がアタックしても、三神さんは眼中にないようでした」

異国の地で何を言ってるんだ、と憤死しそうになった。恵は頭痛を覚えて額を押さえ、横目で三神を睨みつける。三神は平然としたままお茶を飲んでいた。

「えーと、それはこいつの頭がおかしくて……」

この居たたまれない空気をなんとかしたくて、恵は苦し紛れに呟いた。すると三神がきりっとして会話に入ってくる。

「俺は恵しか愛せない」

「お前は黙ってろ！」

余計な発言をする三神に真っ赤になり、恵はその口をふさいだ。愛がうるうるした目でこっちを見ている。

「三神さんが井澤さんのお宅にいると知り、私は胸が苦しくて……でも恋人を引き裂くような真似《まね》はしません！　ただ私たちは、活動について……三神さんにまた青年隊に戻ってきてほしいのです」

愛は誤解して訳の分からない発言を繰り返す。変な噂《うわさ》でも流れたらたまらないと、恵は身を乗り出した。

「俺とこいつは愛し合ってなんかいない！」

女性相手にこんな言葉を吐く自分が情けないと思いつつ、恵ははっきり言った。愛は目をぱちくりしている。

「俺にはその気はさらさらないし、居座られて迷惑してるんだ。ちょうどいい、こいつをアフガニスタンでもスリランカでも連れて行ってくれないか？　そのための協力なら惜しまないよ」

「恵、俺は出て行かないぞ」

愛と話していると、ムッとしたように三神が唇を尖らせて割って入ってくる。愛は三神の想いが一方通行と知ったのか、頬を紅潮させて恵を見つめた。こんな場所で知り合ったのでなければ、けっこう可愛いし好みのタイプだ。

「お二人は恋人同士ではないのですか……？　私はお邪魔にはなりたくないのです……」

「ぜんぜん邪魔じゃないよ！　連れて行ってくれたらホント助かる」

「で、では井澤さんも、三神さんが海外で活動なさるのは賛成なのですね」

愛と意見を一致させて喜んでいると、ますます三神が怒り、すっくと立ち上がった。三神は愛の腕を掴み、無理やり帰らせようとする。

「俺のケータイ番号教えるよ。三神を活動に戻すため、協力しよう」

玄関に押しやられた愛に自分の名刺を渡し、恵は活路を見出した気分で言った。愛も喜んでプライベートな名刺を渡してくる。横で三神が「俺は帰らない」とうるさかったが、邪魔な同居人を追い出す協力者が現れたのだ。これを利用しない手はない。

「また来ます、明日来ます、すぐ来ますから」

愛は三神に部屋を追い出されながら、恵に向かって繰り返した。待ってるよ、と声をかけ、恵は晴れ晴れと笑った。

うまくいけば三神を遠い地に追いやれるかも。期待に胸を膨らませ、恵は愛の携帯番号を入力した。

「愛ちゃん、可愛い子じゃないか。性格もよさそうだし、何よりお前を慕っている」

ドアにチェーンをかけて戻ってきた三神に、恵はスマホをしまいながら軽口を叩いた。三神は顔を歪めて恵の前に膝をつくと、剣呑《けんのん》な様子で見据えてくる。恵の表情に期待感がありありと表れていたらしく、気に入らないようだ。

「何が愛ちゃんだ。どうして平気で他の女を勧められるんだ」

三神が低い声で文句を言う。恵は床にごろりと寝転がって、手で頭を支えた。

「平気で勧める？　とんでもない、喜んで勧めるよ！　三神、いい加減初恋こじらせてないで現実見ろ。俺がお前を好きになることとなんてないんだから、彼女とくっついて海外を渡り歩けばいいじゃないか」

恵が平然と答えると、三神はショックを受けたように切ない顔になった。そんな顔で同情すると思ったら大間違いだ。恵としては三神に愛のようなまともな彼女ができたら、これ以上ない喜びだ。

「恵だって分かってない。そんな簡単に他人を愛せるなら、八年も苦労するはずないだろ。他の奴じゃ駄目なんだ。俺は執念でお前に俺を惚《ほ》れさせる」

傷ついた様子ながらも、三神は苦しげに呟いた。三神に惚れることなど一生ないと思うが、執念と言われて少しだけ背筋がぞくりとした。三神のこのしつこさがあれば、何か間違いが起こるかもと一瞬だけ考えてしまった。いかんいかん、これでは洗脳されてしまう。恵は大きく首を振り、テレビのリモコンを握った。

「無理だと思うけどね」

気のない声を出し、恵はテレビをつけた。あとで愛にメールでも送ろう。三神を追いやる女神になってくれることを期待するばかりだ。

三神に背を向けて起き上がると、恵はチャンネルを替えながら愛に思いを馳《は》せた。

宣言通り、愛は翌日から毎日やってきた。

恵が部屋に入れると、期待通り三神に熱く語りかけてくれて、昼間から恵を押し倒そうとしていた三神のやる気をそいでくれた。一応曲がりなりにも一緒に活動していた仲間だったせいか、三神も邪険には扱えないようだった。休日が終わると、恵は仕事で家にいない。愛はその間も三神を訪ねてきているらしいが、三神のほうがドアを開けないので話はできずにいる。恵がメールで夜に来ていいと送ると、愛は仲間を引き連れてやってきた。

平日の夜に客というのは、ふだんなら疲れることだが、このおかげで三神の夜の行為がぴたりと止まってくれた。三神は愛や仲間たちにまた活動しようと誘われ、困っているようだった。深く考え込むようになり、しきりに頭を抱えている。恵としては体力も戻ってきて、朝まで三神の執拗な責めを受けずに済んで助かった。

愛は一週間続けて恵の家を訪ねてきた。

次の土曜日がやってきて、ぐっすり眠りを得ることができた恵は、愛をねぎらおうと思ってスマホで連絡を入れた。この一週間、快適な睡眠を得たおかげで、こけていた頬も戻ったし、何よりも身体はだるくないし、快調だ。愛に食事くらいおごってあげなければならない。

連絡を入れると、愛はすぐ行くと返事を寄こし、昼時には恵の家の前に立っていた。今日は珍しく短いスカートを穿《は》いていて、生足が艶《なま》めかしい。愛に気づいた三神が帰れとうるさかったが、愛と食事しに行くと言うと、三神もしぶしぶついてきた。三神は愛と恵を二人きりにするのが嫌だったらしく、ぶつぶつ文句を言っている。近くのハンバーグレストランに移動して、昼食をとった。愛はハンバーグが大好物なのだそうだ。

レストランで男女三人が顔を突き合わせるというのに、話す内容は三神という男のことばかりなのが情けないが、恵としてはこのまま愛に三神がボランティア活動に戻るよう説得してほしかった。

三神の異様な執着は分かったが、自分の家に居座ってヒモのようになっては困る。社会人として働くことの大切さを説こうとした。

「三神さんは立派な方です」

恵の三神に対する評価が低いのが気になったらしく、愛は窓際の席でハンバーグを頬張りながら三神の海外でのエピソードを語り始めた。三神は現地の部族から疫病を撒いていると誤解され、あやうく殺されかけたことがあるそうだ。他にも凶暴な獣と闘ったことや、呪術師から呪いをかけられたこと、井戸の水がなかなか綺麗にならなくて仲間同士で喧嘩《けんか》になったこと、それから部族の酋 長《しゅうちょう》から娘と結婚しろと迫られた話を長々とする。

聞けば聞くほど、自分の中の三神像と重ならない。とっかえひっかえ女の子を食らって、都合の悪いことは親の金で揉み消す――そんな三神はどこにもいない。人間変われば変わるものだと思うが、それにしても変わりすぎのような気がする。

「お前、ホントに三神か？」

隣の席でそっぽを向く三神にからかうように言うと、太ももを軽くつねられた。

「三神さん、また一緒に活動してください。三神さんがいるなら、皆どんな危険な地帯でも大丈夫だって言ってます。今度また仲間も連れてきますから」

愛は無言で押し通す三神に、何度も頭を下げて頼んできた。愛の三神に対する信頼は篤《あつ》い。

「そうだ、それから……こんな話も来ているんです」

愛が思い出したようにバッグから名刺を取り出した。

「昨日東京支部のほうに連絡があったんです。三神さんの都合がよければ、訪ねてくるそうです」

差し出された名刺を見向きもしない三神に苦笑し、恵はテーブルの上に載ったそれをひょいと手にとった。名刺には東洋《とうよう》電子機器という社名と環境保全・広報課課長中井《なかい》清二《せいじ》という名前が載っている。

「テレビやネットで三神さんを知り、私たちの活動内容に興味を持ってくださったんです。三神さんをスポークスマンとして寄付を募り、恵まれない子たちを助ける活動がしたいって。この会社と提携して、慈善活動をしましょうよ」

愛は熱を込めて喋っている。最近三神の知名度と人気が出てきたので、こういう輩《やから》も現れるようになったのだろう。つい一昨日もニュース番組の特集で三神の過去の映像が流れていた。客観的に見ると、確かにたいした活動家だった。地元民から慕われ、驕《おご》り高ぶることもなく、淡々と人々を助けている。本性を知らなければ、コマーシャルに起用したいという柴崎に同意したかもしれない。その柴崎は三神を起用することをまだ諦めていないらしく、会議でもねばっていた。今のところ連絡がとれないということで、話は流れそうだが。三神が携帯電話を持っていなくて本当によかった。

「企業からの寄付と一般からの寄付があれば、きっと大勢の子どもたちを救えます。三神さん、やっぱり三神さんは必要な方なんです。ぜひこの方と会ってください」

愛が熱心に話せば話すほど、三神は面倒そうな顔になり、ため息をこぼす。愛からのアプローチが鬱陶《うっとう》しいようだ。一方的に喋っている愛が気の毒になり、恵は横から口を挟んだ。

「会うだけ会ってみれば」

恵の後押しに三神が顔を上げ、不満そうに眉を寄せる。

「……まぁ、会うくらいなら」

ぼそりと三神が呟くと、愛が顔を輝かせて腰を浮かす。

「ありがとうございます！　さっそく連絡をとってみますね。きっと三神さんも、わくわくしますよお」

愛はすっかり乗り気で、バッグからスマホを取り出して名刺をくれた人物に電話を入れている。今日は土曜日なので会社に電話しても通じないのでは、と思ったとおり、愛は電話が繋がらないとがっかりしている。やはり一般社会で働いていないと、少しずれた人間になるようだ。

「井澤さんはボランティア活動とかは興味ないですか？　若い人もたくさんいるので、交流も出来て楽しいですよ。海外まで行く人は志も高くて、話していて勇気づけられます」

話題が変わった時に愛に聞かれ、恵は苦笑してコーヒーを飲んだ。

ボランティアなんて一度もしたことがないし、寄付も一円だってしていない。そういえば見知らぬ他人のために動いたことが皆無だと気づいた。赤い羽根募金だってうさんくさく見えて仕方ないくらいなのだ。

「いや俺は余裕ない生活してるから」

愛に何気なくそう言った後で、傍《はた》から見ると三神のほうが立派な人間だということに気づかされた。昔の三神を知っているだけに、今でも自己中なダメ人間という思い込みがあるが、第三者から見たら三神のほうが素晴らしい人間だろう。改めて三神は社会に役立つ立派な人間になったのだなと思い至った。

（少し考えを変える必要があるかもなぁ）

つまらなそうに窓の外を眺めている三神を見ながら、恵はわずかに反省して胸中で呟いた。

数日後、愛から連絡があり、名刺の人たちが三神を訪ねてやってくることになった。三神は相変わらず乗り気ではなかったので、ちょうど祝日というのもあって恵も一緒に話を聞きに行くことにした。

待ち合わせは焼き肉店の前だ。都内に店を構える有名な焼き肉店は、ほどほどの混み具合で肉が焼けるいい匂いに包まれていた。予約していたようで、一番奥のいい席に案内される。

「三神さん、井澤さん、こちらがお話した方たちです」

焼き肉屋では愛が二人の中年男性を紹介してくれた。二人ともにこやかに名刺を取り出し、三神と恵に挨拶《あいさつ》をする。一人は四十代後半のメガネをかけた柔和な顔立ちの男で名前を中井、もう一人は三十代前半くらいの薄い頭のふくよかな男で加藤《かとう》と名乗った。

「お忙しい中、足を運んでいただきありがとうございます。お目にかかれて光栄です」

中井がにこにこしながら頭を下げた。

「テレビで拝見しておりますが、大変男前な方で羨《うらや》ましい限りです。どうぞ、お好きなものを注文してください。ここはなかなかいい肉をそろえてますよ」

中井は三神を褒めながらメニューを広げ、店員を呼ぶ。便乗してただ飯を食えるなんてラッキーだ。

中井は三神や恵たちの好みを聞きつつ、肉やビールを注文する。待つほどもなく店員が生ビールを人数分置き、次々と肉が載った皿を運んでくる。

まずは乾杯とばかりに、ビールを呷《あお》った。ただ酒は美味い。

「さぁさぁ、まずは食べて」

中井がそう言って顎をしゃくると、加藤が慌てて肉を焼き始めた。網の上でじゅうじゅうと肉が焼ける音がする。加藤は太っているせいか汗だくで肉を焼き、笑顔で恵たちに勧めてきた。促されて箸をとり、サンチュに肉を巻いて頬張る。美味だ。三神は無表情で肉を咀嚼《そしゃく》し、愛は「美味しいー」と繰り返しながら食べている。

「我々の会社は主に電子機器を造っています。今日はパンフレットを持ってまいりました。どうぞご覧になってください」

食がだいぶ進んだ頃、中井がバッグからパンフレットを取り出して三神に渡した。カラー刷りの立派なパンフレットで、会社の概要や森林の保護活動への取り組みなどが掲載されている。

「国内のみならず海外の自然保護活動も行っている我々ですが、このたび三神先生の活動に感銘を受け、新たに部署をもうけてボランティア活動に勤しむことになりました。ついては三神先生の知名度もありますし、三神基金として広く寄付を募り、活動の資金源としたいと思っております。もちろん活動費の多くは会社から出しますし、寄付がゼロ円だからといって活動しないというわけではありません。ただ三神先生にはその活動姿勢と人を引きつけるカリスマ的魅力をぞんぶんに使って、多くの貧しい人々のために尽力してほしいと思っております」

中井は饒舌《じょうぜつ》に三神に語る。三神基金なんて、もし自分が名前を使われる立場だったら、全力で逃げ出したくなる名目だ。三神はどうなのだろうと思って横を見ると、クールな顔つきで中井の話を聞いている。

「前橋さんから聞いたのですが、三神さんを慕う方も多いとか。やはり偉業を成し遂げた方は違いますな。あなたの発明した地雷撤去装置は、いろんな国から注文が来ていると伺っております」

肉を焼きながら加藤も三神を褒め称える。

「三神さん、とてもいい話だと思うんです。三神基金を作って、もっと活動の幅を広げましょうよ。三神さんにはこんなに期待する人や企業が集まっているんですよ！　私、三神さんと一緒ならどんな発展途上国でもついていきますから」

酒が進んできたのか愛は赤くなった頬で中井たちの話を後押しする。三神は言葉少なに肉を食べ、はっきりした答えは出さなかった。

結局二時間ほど食事をした後、三神は「少し考えさせてくれ」と中井に言って会をお開きとさせた。

低姿勢で三神を見送る中井たちと別れて、恵は満腹になった腹をさすりながら帰路についた。愛は酒を飲みすぎてタクシーで家に帰って行った。

「三神基金なんて、ホントにやるのか？」

駅からアパートまでの道を辿《たど》りながら、恵は揶揄《やゆ》するように聞いた。三神は相変わらず無表情で、今日の接待をどう思っているか分からない。

「お前はやってほしいんだろ」

そっけない声で三神が呟く。

別にそういうわけではない。そう言おうかと思ったが、確かに三神がボランティア活動に励んでくれればまた元の平穏が戻るはずだと思い直す。恵が黙ると、三神はムッとした表情で振り返り、速足で歩きだした。

何となく無言のまま自宅に戻り、恵は渡されたパンフレットを眺めた。三神は焼き肉の匂いがすると言ってシャワーを浴びている。

ふと気が向いて、パソコンを取り出して、パンフレットに書かれた社名で検索をかけた。

ネット上には東洋電子機器という会社のホームページや業績、仕事内容が載っている。ざっと見たところかなり立派な企業のようだ。株価も高いし、業界内での信頼度も高い。

申し分ないはずなのだが……。

恵は何故か引っかかるものを感じて、パソコンを閉じた。

中井と加藤は如才なく、特に中井はいかにもやり手のサラリーマンという感じだ。話の内容も悪いものではないし、愛が勧めるのも分かる。

けれどどういうわけか、恵としては賛成できなかった。三神には言えないが、あまりいい話とは思えなかったのだ。

（何だろ。やっぱ三神の名前で金を集めるっていうのが引っかかるのかな）

聖人面《づら》するつもりはないが、三神自身にその気があるように見えないのに、三神の名前で金を獲得することにもやもやするものを感じるのかもしれない。

（まぁ俺は寄付とかしない人間だからな……。する人間からすると、これがふつうなのかもな）

浴室から聞こえる水音を気にしながら、恵はそう独りごちた。


セックスの頻度が目に見えて減り、恵の体調も万全になった。

三神なりに一応考えてくれたのか、行為に至る前にお伺いを立てるようになったのも大きい。恵が断ると傍で悶々《もんもん》としているのが非情に鬱陶しいが、それでも猿みたいにやりまくっていた頃に比べ、人間らしく会話のキャッチボールができるようになったのが素晴らしい。そもそも三神は恵以外とはふつうに接することができるのに、どうして自分の時だけは理性を失って欲望のみで突っ走るのか謎《なぞ》だ。血が近いというだけで、人はおかしくなるのだろうか。

「井澤、例のあれ、上木君で決定したから」

デスクのパソコンでアンケート結果をグラフに起こす作業をしていた恵は、有田から声をかけられて作業の手を止めた。椅子《いす》を半回転させて課長のデスクに向き直った恵は、安堵して立ち上がった。

「栄養ドリンクのですか?」

課長のデスクに近づいて満面の笑みを浮かべると、有田から苦笑が戻ってくる。

「ああ。社長が上木君の好感度を重要視したってとこかな。柴崎は三神さんを異様に推してたけど、結局本人から断られたって」

有田は書類が積み重なったデスクの中から、必要な書類を引っ張り出す。三神は断ったのか。恵の勤めている会社と知っていたのだろうか。

「ということで、お前が打診よろしくな」

有田に書類を渡され、恵は分かりましたと頷いた。これから上木の所属するプロダクションに打診して、出演OKとなれば打ち合わせという運びになる。打ち合わせではCM内容の擦り合わせや撮影日時を決めなければならない。CM内容はすでに出来上がっていて、社内会議ではOKが出ているが、向こうのプロダクションからも了解を得なければならないのだ。とはいっても、それほどNGになりそうな表現もないし、無茶なアクションをさせるわけでもないからあまり心配はしていない。

（あとはポスター撮りのカメラマンの手配と……）

デスクに戻り、恵は忙しく仕事をこなした。まかり間違って三神が起用されるはめにならなくてよかった。

仕事を終えて帰宅すると、いつも玄関前にいるはずの愛がいない。気になって鍵を開けつつ、スマホを確認した。メールが一通入っていて、愛は今日は用事があって来られないそうだ。毎日通うのは大変だろうと感心する反面、愛には他に用事はないのだろうかと思っていたので、少しホッとした。それなりに若い女性が、三神を説得するためだけに連日恵の家に通っているというのはやはり異常だ。

「ただいま」

中に入って声をかけると、キッチンから三神が顔を向けてきた。

あれから三神はずっと恵のために夕食を準備して待っている。生姜《しょうが》焼きのいい匂いがしてきて、恵はネクタイを弛めた。

決して三神とこのままの関係を続けるわけではないが、食事の用意をしてくれるのは助かるので恵は近頃ではうるさく出て行けと言わなくなった。壁際に置かれた紙袋の中に札束が入ったままになっている。泥棒に入られたら大変なことになるのでしまってほしい。

「手紙が来ていたぞ」

テーブルに料理を運びながら三神が呟く。スーツを脱ぎ部屋着に着替えた恵は、白い封筒がテーブルの上に載っているのを見てひょいと手にした。

「へーあいつ結婚するんだ」

差出人は高校の同級生である加田《かだ》だった。同じ大学に進んだのもあって、たまに飲みに行く仲になったのだ。手紙は結婚式の招待状で、ぜひ出席してくれとメッセージが書いてある。

一応三神も同級生だった時期があるので、試しに加田を覚えているか聞いてみた。三神は名前はおろか顔すら記憶になかった。この調子では高校生の時につき合った子のことさえ覚えていないかもしれない。

「お前、胃袋で俺を繋ぎ止めようとしているのか？」

夕食を口にしながら、恵は複雑な思いを込めて三神に聞いた。気のせいか三神の料理の腕は日々上がり、今までつき合ってきた子よりも恵好みの食事を作るようになっている。生姜焼きが美味いのはもちろんのこと、漬物やサラダ、副菜もなかなかだ。そういえば以前は缶ビールしか入っていなかった恵の冷蔵庫に、やたらと食材が目立つようになってきた。このままでは三神の術中にはまりそうだ。

食事を終えた時、タイミングよくスマホが鳴った。

「はい。——ああ、加田。久しぶり。ちょうど招待状来たよ。おめでとう」

電話に出た恵は相手が加田だったのもあって表情を弛めた。三神が振り返ってきたので恵は立ち上がり、ベランダに出た。窓をきっちり閉めて、手すりにもたれながら加田と話す。明日は雨なのか星も月もよく見えない。わずかに肌寒さを感じて、恵は部屋の中を覗いた。三神はじーっとこちらを見ている。

『久しぶり。そろそろ届いたかと思ってさ。どう？　出席できそう？』

加田は相変わらず元気そうにしている。加田の結婚相手とは、以前何回か会ったことがある。加田
に似合いの明るくて美人な子だ。

「ああ、大丈夫だと思う。山尾《やまお》も来んの？」

『山尾も出席できるって』

もう一人よく遊んでいた友人の名前を上げ、ひとしきり近況報告で盛り上がった。加田とは一年くらい会っていない。以前遊んでいた時は恵にも彼女がいたので、当然のごとく今はどうなのかと聞かれる。恵が彼女とは別れたという話をすると、残念がっていた。半年前に別れた彼女とは結婚の話も出ていたが、細かい点で意見が合わず結局駄目になった。何事にも完璧を求めすぎる性格が恵にとって重荷になったのだ。今思えば我慢して結婚してしまえば、三神も諦めてくれたかもしれないのに。

『……そういやさぁ、なぁ最近テレビに出てるのって、あの三神だよなぁ？』

互いの話をしている最中に、思い出したように加田が興奮した声を出した。

「え、あ、ああ……」

どきりとして恵が声を落とすと、加田が楽しげに笑った。やはり高校の同級生は三神を見て気づい

たようだ。雰囲気はかなり変わったが珍しい名前だし、本人は公言していないが母親が有名な女優だと巷《ちまた》でも噂になっている。

『あの頃、最低な奴だったのに、今じゃすっかり更生したもんだなぁ。覚えてる？　ヤク持ってたとかで警察に捕まってたじゃん。それが今じゃ時の人だもんなー』

何も知らぬ加田は嬉々として昔話を語っている。恵は良心がちくちくと痛んでろくに相槌《あいづち》も打てなかった。本当に今さらだが、三神がひどい人間だったとしても他にやりようがなかったのだろうか。

『有名人になったし、結婚式に出席してくんねーかな。出席者も喜ぶんだけどなぁ。なぁ、連絡先とか知らね？　お前、けっこう仲良かったじゃん』

加田の記憶ではずいぶん変換がされているようで、三神と自分は友人になっているらしい。当の本人がすぐ傍《そば》にいることは絶対明かしたくないし、三神は加田の名前すら覚えていなかったことは永遠に秘密にしておいてやりたい。

「そんなこと言って。たいして仲良くなかった奴に祝われて嬉《うれ》しいわけ？」

早くこの話題から逃れたくて、恵は揶揄するように言った。こう言えば三神のことは忘れてくれると思ったのだ。

『何言ってんだ、お前。ハクがつくじゃん。有名人と知り合いってだけでさ。昔どうだったかなんて関係ねーよ』

あっさりと加田にあしらわれ、恵は戸惑って言葉を失った。そんなものなのか。恵は胸にもやもやが広がって眉を寄せた。転校当時、加田は三神に対してけっこう辛らつな言葉を吐いていた気がするのだが、そんなことはもうなかったことになっているのか。

過去の問題児が有名人になったというだけで、周囲の人々は手のひらを返す。そのことが納得いかなくて恵は気分が悪くなった。

『でさぁ……』

恵の気持ちなど気づかないらしく、加田は話を続けている。ちょうど三神がのっそりとベランダに近づいてきたので、恵は慌てて口を開いた。

「それじゃ、そういうわけで、またな」

話し足りないという感じの加田の電話を無理やり切り、恵はため息をこぼしてベランダから出た。三神は窺うように恵を見ている。

何となく三神の肩を叩いて、恵は同情的な目つきになった。

「お前……有名人になると大変だな」

加田のようにころりと態度を変えて近づいてくる昔の知り合いは、きっとたくさんいるはずだ。昔の知り合いだけじゃなく、三神基金を作ろうと集まってくる企業家たちもいる。恵は知らないがテレビ局の人間だって、今は話題になっている三神にたかろうと寄ってきている。ひょっとして携帯電話を持たない理由はそのせいなんだろうかと勘繰った。

「俺は昔から母親があれだったから……」

恵の言葉に何かを感じとったのか、三神が皮肉っぽい目つきになって呟いた。言われてみれば三神は有名女優が母親ということで、小さい頃から周囲の注目を浴びていた。今に始まったことではないのかもしれない。

「そういや、母親とは連絡とってるのか？」

部屋に戻り、ごろりと横になると、恵は思い出したように聞いた。無言が返ってくる。

「してないのかよ！」

愛や仲間はおろか、母親にさえ連絡をしていないとは。聞くと、海外を飛び回るようになってから一度も連絡していないという。たった一人の肉親なのだし、テレビに出る暇があるなら電話くらいしろと叱《しか》っておいた。同じテレビ業界にいるのに挨拶の一つもなしでは、三神の母親もいい気はしないだろう。恵に促されて、三神はしぶしぶ電話をすると約束した。

「お前って、成長したのかしてないのかよく分かんないな……」

しみじみと恵が言うと、三神は「俺は何も変わっていない」と堂々と宣言した。自分に対する執着心は確かに変わっていない。

「それより、今夜はいいか？」

恵の態度に何かを感じとったのか、三神が顔を寄せて囁いてくる。三神に対する同情心が残っていたので、絡まってくる腕を邪険に振りほどけなかった。内心よくないなと思いつつ、恵は三神の愛撫を黙って受け入れた。

昨夜は久しぶりだったのもあって、三神のもう一回、もう一回とねだる声に朝までつき合ってしまった。三神相手だと向こうが何でもしてくれるので、恵はマグロのように横たわっているだけでいいから楽だ。この楽さにうっかり流されそうなのが怖い。

（楽だけど、身体には負担がかかってるんだよなぁ）

出社して仕事にとりかかったものの、あくびが止まらなくて恵はコーヒーを飲みに席を立った。寝不足の上に、腰が重い。

廊下に設置された自動販売機で缶コーヒーを買っていると、部長が通りかかった。挨拶をして席に戻ろうとした恵は、部長が近づいてきて内心嫌だなと思いつつ足を止めた。

「井澤。ちょっといいか」

部長は軽く顎をしゃくり、恵の前までやってくる。はい、と答えると、部長はじろじろ恵を見つめてきた。広報部の部長は部下に厳しいので有名な人で、つまらない発言をすると手厳しくやられるという噂だ。はい、だけだと「はいしか言えんのか」と怒られ、静かにしていると「最近の若者は覇気がない」と言われ、反論すれば「若造のくせに生意気な」とやられる。要するに困った上司の一人だ。

名指しで呼びとめられるなんて、何か問題でもあっただろうか。そう思いつつ、恵は部長の前で背筋を伸ばした。部長はペットボトルのお茶を買っている。

「お前、佐倉佐緒里と知り合いか？」

部長は自動販売機の横の長椅子に座り、恵を見上げて言った。そっちか、と恵は苦笑した。

「知り合いというほどのものでは……。息子さんと同じクラスだったことがあったので」

つい本当のことを喋ってしまい、恵はしまったと口を閉じた。

「息子って、あの地雷の機械作った奴か？」

部長はさすがに見逃さず、聞いてくる。広報部の部長だけあってマスコミ業界にも精通している。恵としては三神との接点を話したくなかったのだが、部長のほうは佐倉佐緒里と知り合った理由に納得がいったようだ。

「彼とはたいして仲良くないですよ」

部長の口から他の誰かに噂されないように、恵は強い口調で否定した。この話が柴崎辺りに漏れたら大変だ。だが部長は、そちらに関しては特に興味はなかったようだ。

「俺は佐倉さんとは仕事で知り合って、たまに飲みに行く仲なんだが、このあいだうちの会社に井澤恵って子がいないか聞かれてな。お前の連絡先を知りたいって言うんだ。教えてもいいか？　一応個人情報保護とかいろいろあるからな」

部長はペットボトルのお茶を飲みながら聞いてくる。そういうことかと恵は頷いた。おそらく三神から何の連絡もないので、恵を捜して連絡がとれないか尋ねたいのだろう。母親としては当然の感情だ。

「いいですよ、別に」

恵としては複雑な思いもあったが、部長にはそう言っておいた。高校生の頃は父の浮気相手と思っていたのでもやもやする部分が大きかった。けれど今は大人になり、許せるようになった。何よりも恵の母親は今新しい相手を見つけ、幸せそうだからもういいじゃないかという気になっている。佐緒里は五年ほど前に離婚していて、恋多き女としてたまに週刊誌を騒がせている。子どもは三神一人だ。

「そうか、よかった。何の用かは知らんが、まぁお前も女優とのつてをもっておけば、何かと助かるからな」

部長は機嫌よく恵の肩を叩いて、去っていった。三神がさっさと母親に連絡をしてくれれば、恵と話す理由などないはずだから、帰ったらすぐ連絡するよう言おう。

はぁ、とため息をこぼし、恵は缶コーヒーを飲み干した。三神が来てから、周囲が騒がしくなっている。早く平穏をとり戻したいものだと考え、空き缶をゴミ箱に放った。

　帰りがけの電車の中でスマホを見ると、愛から「珍しく三神が中に上げてくれた」というラインが入っていた。別の人間なら他人の家で何をしているんだと怒るところだが、三神と愛なら問題はない。がんばってアタックしろと返信をした後、恵は駅で時間をつぶした。

（しかし俺も、昨晩寝た男に女をあてがうなんてとんでもない話だな）

　駅の本屋で雑誌を立ち読みしつつ、少しは仲良くなっているだろうかという期待を込めて、自宅に戻った。

「ただいま」

　わざと騒がしく帰宅したのは、万が一、二人が濡れ場中だったらまずいと思ったからだ。もしそんな状態だったら即座に出て行こうと思いつつ部屋を覗くと、想像以上の状態になっていた。

　腕を組んでむすっとした表情であぐらを掻く三神の隣に、肩を震わせて泣いている愛がいる。三神は白シャツにジーンズと一糸も乱れた様子がないが、愛は髪が乱れて握ったハンカチはぐしゃぐしゃだ。一瞬にして修羅場と確認した恵は、そっと部屋を出て行こうとした。けれど三神が目を吊《つ》り上げて、「どこへ行く気だ」と声を荒らげてくる。

仕方なく恵は部屋に入り、バッグを部屋の隅に置き、ジャケットを脱いだ。愛はハンカチで顔を覆うほど、号泣《ごうきゅう》している。

「わ、わ、私……っ、帰ります、私のいる場所なんてここにはありませんから」

愛は真っ赤に泣きはらした目でそう呟くなり、立ち上がって出て行った。恵が声をかける暇もない。泣いている女性を相手にする勇気はないので帰ってくれたのは助かったが、もくろみが外れてしまいがっかりだ。

「三神、彼女に何を言ったんだ？　泣かすことないだろ」

テーブルの上には夕食が用意されていたので、恵は茶碗にご飯を盛りながら諭した。予定より遅く帰ったので、ハンバーグが冷めてしまっている。三神の分も残っているところを見ると、愛と話していて食べていないらしい。

「ボランティアなんて、本当は興味がないと言った」

三神は苛々《いらいら》した様子で、ぼそりとこぼした。

「お前……」

八年も一緒に活動していた相手に言うことではないだろう。恵が呆れた声を出すと、三神は急に腰を浮かして恵を睨みつけてきた。

「俺はもともと他人のために働くなんて、したいと思ったことは一度もない！　お前がそうしろって言うから仕方なくやってただけだ‼　もう約束は果たしたし、好きなことやっていいはずだろ⁉　そもそも俺に女を押しつけるな！」

三神は激昂したように大声でまくしたてると、いきなり恵の胸倉を摑んできた。食事をしようとしていた恵はびっくりして目を見開く。

「恵は冷たい！　何も分かってくれない。俺だって傷つくし、我慢できないことだってあるんだ‼　この冷酷人間！」

三神は怒鳴りながら恵を睨みつけると、頭に血が上ったように壁に拳を叩きつけた。壁に穴が開き、恵はびくっとして硬直する。昔の三神が戻ってきたみたいに、三神の全身から暴力的な空気が漂っていた。険しい顔で三神は恵を見据え、血が出そうなほど唇を嚙む。そのまま一発殴られるかと思ったが、三神は恵から手を離すと、足音も荒く玄関に向かった。

三神はドアを閉める際、激しく音をさせて家を出て行った。

恵は呆然として部屋に取り残された。

何が何だか分からないが、三神が出て行ったのは分かった。

(ちょっとやりすぎたかな)

久しぶりにキレた三神を見て、恵は気落ちして頭を搔いた。まさか三神から冷酷と言われるとは

……。三神のことだからどうせ何をしても響かないだろうと思い、愛に関してはやりすぎた面もあったかもしれない。

（まぁすぐ帰ってくるだろ）

出て行った三神が少し気になったが、もともと勝手に居ついて困っていたのだ。気にするだけ損だと恵は食事を始めた。

——その晩、三神は帰ってこなかった。

いつも鬱陶しいくらいにくっついてくる存在が消えて、恵はなかなか寝つけずに何度も寝返りを打って夜を過ごした。

三神は翌日も帰ってこなかった。

とうとう諦めてくれたのだろうかと胸を撫で下ろす反面、どんな報復をしてくるのかと気が休まらなかった。

コンビニ弁当を食べながらテレビをつけると、偶然三神が出ていた。貧しい国で現地の人と交流している姿が映し出されている。世界は今、というタイトルの固い番組で、有名なアナウンサーが三神に質問をしている。現地の状況や貧困の度合い、宗教、政治について、三神は理路整然と語っている。その姿はどうみてもボランティアに興味がない人間には見えず、志の立派な青年でしかない。

ふと床に目をやると、数日前に渡された企業のパンフレットが目に入った。何気なく手にとり、企業理念を目で追う。

「社会に役立つ企業を目指し、か……」

キャッチコピーを呟くと、自然と高校生の時に三神と別れた際に放った言葉を思い出した。

『お前が社会に役立つような人間になったら、考えてやってもいい』

恵は深い考えがあって三神にそう言ったわけではない。三神からもっとも遠いと思われるものを口にしただけだ。あの時は心底三神を嫌っていたから、何でもいいから三神を遠ざける言葉を使った。

自分は三神の人生を変えてしまった。

他人の人生を変えるなんて、とても恐ろしいことだ。三神は良いほうに変わったけれど、果たして本当にそれが良いことなのかどうか。

今思えば、あの時、何が起きても三神を好きになることはないと突っぱねればよかったのかもしれない。馬鹿な条件なんかつけたのは、三神の執着を侮っていたからだ。

テレビの中の三神を見るにつけ、今の三神は嫌いではないと改めて思う。相変わらずおかしな点は多いが、自分に好かれようとがんばっている姿は健気《けなげ》だと思うことさえある。セックスも最初は仕方なく応じていたが、最近は気持ちいいし、抱かれることへの抵抗も少なくなっていた。

(でも好きとか愛してるとか、無理だろ……。俺たち兄弟だぞ)

三神に対する負い目に似た何かが生まれたのは確かだが、それ以上を考えると思考が止まってしまう。そもそも男相手に甘い言葉なんて使ったことがない。恵にとってそれはありえないことだ。

ため息を吐いてテレビを消そうとした時、玄関のチャイムが鳴った。

(帰ってきたのか。合鍵持ってなかったっけ?)

チャイムは鳴るのに一向にドアが開かないのに気づき、恵は重い腰を上げた。てっきり三神だと思い、インターホンも見ずにドアを開けてしまった。

「何度も鳴らさなくても、入ってくれば……」

文句を言いながらドアを開けたとたん、目の前に思いがけない人物が立っているのが分かって、恵はびっくりして身を引いた。目の前には黒い服に身を包み、サングラスをかけた中年女性がいる。一般人にはない華やかな雰囲気を持っていて、一目で佐緒里だと分かった。

「佐倉さん……」

恵が唖然《あぜん》として見つめると、佐緒里はサングラスを外した。

「突然、ごめんなさい。息子はいるかしら」

佐緒里は周囲を気にしながら囁く。恵はタイミングが悪いと呟き、頭を掻いた。部長に連絡先を教えてもいいと言ったが、まさか訪問されるとは思っていなかった。

「ここ数日帰ってこないです。三神には電話するよう言ったんですけど。……えーっと、入ります？」

父の浮気相手にどういう態度をとっていいか分からなかったが、周囲を気にしている佐緒里を気遣い、恵はドアを開けた。佐緒里は無言でするりと入ってくる。

「お茶はいらないわ。あなたにとっては会いたくない相手よね。分かっています」

部屋に招いた佐緒里にお茶でも出そうとキッチンに行くと、先回りして佐緒里が言った。佐緒里はテーブルの前に正座すると、持っていたバッグにサングラスをしまった。狭い部屋に不似合いな女性がいるのは変なものだ。

「もういい歳《とし》だし、そういうのはないですよ。まぁ、母には言えないけど」

佐緒里の前にあぐらを掻き、恵は素直な気持ちを伝えた。佐緒里は少し驚いたように目を見開き、申し訳なさそうに頭を下げる。

「ありがとう。そう言ってもらえると気が楽だわ。ところで、やっぱり息子はここへ来ているのね？ちっとも連絡がなくて困ってるの。最近、あの子テレビに出ているでしょう。どこからか私の息子だっていうのが漏れて、問い合わせが多いのよ。それに……来週出る週刊誌で、過去のことをばらされそうで……」

佐緒里は眉根を寄せながら、苛立ちを隠すように髪を弄《いじ》っている。

「過去のこと？」

気になって恵は身を乗り出した。まさか本当の父親である、恵の父のことも書かれるのだろうか。

「晋《すすむ》さんのことじゃないわ。恭、高校生の時に警察に捕まったことがあるでしょう。それにあの頃は素行も悪くて、揉み消すのが大変だったわ。最近ちょっと有名になったから、過去を面白おかしく世間の目にさらそうとする記者がいるのよ。リークする元同級生がけっこういるらしくて」

佐緒里は厳しい顔つきで言う。それに関しては恵も責任を感じた。だが過去はどうあれ、今は立派な人間になったのだし、あまり心配することもない気がする。そもそも、三神はきっとそんなことを気にしないだろう。

「三神なら平気じゃないですか？　過去ばらされても。どうでもいいって言うと思いますけど」

恵がさらりと答えると、佐緒里が驚いたように目を瞠《みは》った。まじまじと見つめられ、恵は自分が何か変なことを言ったのだろうかと焦った。

「ずいぶんあの子にくわしいのね」

佐緒里は複雑そうな表情で恵に言った。

「驚いたわ。ボランティアなんて、およそありえないことを始めたあの子にも驚いたけれど、あなた恭にあんなことをされて許しているなんて……。あの子、帰国してからあなたの家にずっといたの？よく、受け入れたわね」

佐緒里の目に驚愕《きょうがく》の色が浮かんでいるのが見えて、恵は言葉に詰まった。そういえば佐緒里には三神に手錠で繋がれレイプされていたところを助けてもらったのを思い出した。確かにあんな目に遭わされた相手を、こうして部屋に招いているなんて、佐緒里からすれば驚愕だろう。これには深い事情があるのだが、その辺は黙っておいた。さすがに警察に捕まったのが恵のせいだと知ったら、佐緒里もいい気はしないだろう。

「あいつが勝手に居ついちゃったんですよ。俺は好きになれないって言ってるのに」

佐緒里と向き合っているのが妙に恥ずかしくなり、恵は目を逸《そ》らした。佐緒里は恵の口ぶりでいろいろと察したらしい。

「あの子は小さい頃から、何かに興味を持つことが少なかったの。それなのにいったん執着すると、てこでも離さない頑固なところもあって……。あの子は未だにあなたが好きなのね。母親としては応援できないけれど、あんなにまともになったのはあなたのおかげだわ」

佐緒里はやっと髪を弄るのをやめて、落ち着いた表情を見せた。ふうと吐息をこぼし、笑顔さえ見せる。

「あの子が平気だというなら、もういいわ。帰ります。お邪魔してごめんなさいね」

どうやら佐緒里は三神の過去が暴《あば》かれることを危惧《きぐ》して、わざわざ会いたくもない恵の家を訪れたらしい。曲がりなりにも母親だ。本当は息子が心配でしょうがないに違いない。

「三神なら強いから平気ですよ。そういえば、ほら。こんな企業からも誘いがあって」

テーブルに置きっぱなしだったパンフレットをとって、恵は皮肉っぽい笑みを浮かべて佐緒里に見せた。

「三神基金を作って、寄付を募ろうって話もあるみたいだし。担当者と会ったけど、とても乗り気でしたよ」

佐緒里にパンフレットを渡すと、首を傾《かし》げて恵を見る。

「気に食わないの？」

予想外の質問をされて、恵はびっくりして目を丸くした。気に食わないように見えたなんて思わなかった。

「そういうわけじゃ……。ただ、何だか賛成できないというか。……うさんくさいっていうか。いや、ちゃんとした企業なんですけどね」

佐緒里は女優という職業なだけあって、恵のささいな言葉遣いや目つきで感情を読みとってしまう。

恵が言葉を濁して言うと、佐緒里はパンフレットに目を通して肩をすくめた。

「私には分からないけれど……そういう第六感みたいなものは大事にしたほうがいいわね。気になったなら、この会社に行ってみればいいわ。その担当さんの職場での立場がよく分かるから」

佐緒里は至極もっともなアドバイスをして立ち上がった。再びサングラスをかけて、嫣然《えんぜん》と微笑《ほほえ》む。

母と同年齢だが、さすがに女優。肌も綺麗だし、髪もつやつや、ネイルも完璧で全身綺麗にしている。

「今日は本当にありがとう。息子によろしく」

佐緒里は深く頭を下げ、恵のアパートから去っていった。

存在感がすごくて、部屋から消えると肩から力が抜ける。三神も睨むとどきりとする目力を持っているが、佐緒里は何もしていなくても緊張する空気感を持っている。

「訪ねてみる……か」

佐緒里のアドバイスを思いだし、恵はパンフレットをひらひらとさせた。別に三神のためにそこまでする必要はないのだが……。会社の住所を見ると、恵の会社とそれほど離れていない。一度、調べてみてもいいかもしれない。

（今夜も帰ってこないのかな。まぁいいけど）

風呂に入った後、ドアにチェーンをかけて恵は敷いた布団に潜った。結局その日も、三神は戻ってこなかった。

翌日、恵は昼休みを利用して東洋電子機器という会社を訪ねてみることにした。

オフィス街にあるひときわ高くそびえ立つビルには、いくつもの企業や飲食店が入っている。東洋電子機器はそのビルの十三階と十四階のフロアーを借りているようだ。エレベーターで十三階に上がり、下りてすぐ目の前にある受付カウンターに足を運んだ。制服を着た受付嬢がにこやかに挨拶をしてくる。

「すみません、こちらの方にお会いしたいんですが」

恵は名刺入れから名刺を取り出し、受付嬢に見せた。焼き肉店で中井からもらった名刺だ。呼び出して何を話すか昨夜考えていたのだが、三神と連絡がとれなくなったということでいいだろうと思いついた。嘘は言っていない。三神基金とやらを作るつもりなのだから、中井たちも三神が行方不明と知れば慌てるだろう。

「……あの、お客様」

呼び出しを頼んだ受付嬢が顔を曇らせて恵を見上げる。どうしたのだろうと戸惑っていると、言いにくそうに受付嬢が名刺を返してきた。

「この名刺は弊社のものではございません。社名は同じようですが……」

恵は驚いて受付嬢を凝視した。この名刺はこの会社のものではない?

「え、でもこのパンフはここのですよね?」

動揺しつつ鞄からパンフレットを取り出す。受付嬢は困惑しながらも頷いた。

「確かにそちらは弊社のものです。けれどこの名刺は……似てはおりますが、弊社のものはここにホログラムがありますので……。それに電話番号も違います」

受付嬢が自分の名刺を奥から取り出してきて、見せてくれた。カウンターテーブルに並べると、似て非なるものだというのがよく分かる。受付嬢のものは、社名の前にホログラムで社章があるが、中井が渡してきた物はホログラムがない。電話番号に至っては、まるで違う。

「あと環境保全課はございますが、中井という者はおりません」

受付嬢にはっきり言われ、恵は唖然として硬直した。受付嬢が心配そうに恵を見る。その顔を見れば、あの焼き肉店で会った中井と加藤が真っ赤な偽物だったのがよく分かった。

「あの、警察に連絡しましょうか……？」

受付嬢に聞かれ、恵はこっちでやると答えて早々に退散した。

うさんくさいと思ったのはあながち間違いではなかったようだ。あの二人は企業を騙《かた》って三神に近づいた悪人だった。おそらく三神基金とやらで金を集めて、トンずらする気だったのだろう。電話番号だけは彼らのものに違いない。わざわざ訪ねてくる輩は少ないから、偽の電話番号だけ載せておけば事足りるのだ。

こういう詐欺《さぎ》まがいの事件に関係したのは初めてなので、怒りよりもびっくりという気持ちのほうが強い。佐緒里の言う通り、会社を訪れて正解だ。あの二人、慣れた感じだったし、これが初めてというわけではあるまい。早いところ三神に会って、警察に行ってもらったほうがよさそうだ。

(三神と連絡とらなきゃ……)

そう思った矢先、三神の連絡先はおろか、行きそうな場所すら知らない自分に気づいた。三神の友人は、愛しか知らない。一緒にいても知ろうともしなかったし、それで困る日が来るなんて思いもしなかった。

何だか自分が薄情な人間に思えてきて、恵は気落ちして会社に戻った。

仕事中も三神のことが気がかりで、いくつかミスをしてしまった。出て行った三神が、中井たちに連絡をとって詐欺とも知らずに話を進めていたらどうしようかとやきもきする。三神は頭はいいが、人間関係や人付き合いに関しては素人みたいなところがあるから、詐欺に引っかかるのではないかと気が気ではない。

急ぎの仕事だけどうにかこなし、恵は定時で帰宅した。とりあえず愛に事情を話さなければと思い電話をかけてみると、最寄《もよ》り駅で待ち合わせしようと言われる。駅について、急いで姿を探すと、愛は駅の階段の前に泣きはらした顔で立っている。

「井澤さん……」

愛は恵の顔を見て、はらはらと涙をこぼす。道行く人が何事かとこちらを見ていて、これじゃまるで自分が泣かせたみたいだ。恵は愛の背中を押して、人目のつかない暗がりに隠れた。

「泣いてるところ悪いんだけどさ、この前の中井と加藤って人たち、詐欺だったみたいなんだ。会社行ったらそんな人いないって言われちゃった」

恵が昼間に会社を訪れた話をすると、愛はショックを受けたように身体を震わせ、号泣し始めてしまった。あまりにも大げさな態度に嫌な予感がして、恵はうずくまった愛の肩を撫でた。

「あの、もしかして……」

「わ、私、口座を作らなきゃいけないから、いくらか出資してくれって言われて、十万円渡しちゃいましたぁ」

愛は悲痛な叫びを上げて、わーっと泣く。

「マジか……。ってか、そんな話、よく信じるね⁉　そもそも三神、承諾してなかっただろ？」

恵は呆れて顔を引き攣《つ》らせた。

「だって……、だって、周りを固めちゃえば、三神さんもやる気になってくれるかなって」

愛はえぐえぐとしゃくりあげながら訴える。さすがに同情する気になれなくて、恵は眉間《みけん》を揉んだ。

「三神さん、もうボランティアとかやめるって言うから……、私、どうしても嫌で……、たとえ報われなくても、傍にいるだけでもいいから……って」

愛は涙ながらに三神に言われたことを語った。三神はボランティアなんて興味がないと言った後、もう全部やめると言ったらしい。

「三神さんには……はっきりタイプじゃないって言われました……。井澤さん以外、興味ないって。……私は井澤さんが羨ましい。あなたになりたいです」

愛に濡れた眼差しで見つめられ、恵は返す言葉が見つからずにため息をこぼした。

「……あのさ、とりあえず詐欺の二人を捕まえるためにも警察に行ったほうがいいんじゃないかな？俺は三神を捜しておくよ。君が出て行った後、三神も出て行っちゃったからさ。行き先心当たりある？」

恵が淡々として言うと、愛はびっくりして泣き止んだ。

「三神さんも出て行ったんですか!?　私は井澤さんのところにいると思ってて……心当たりはないです。すみません」

愛も三神の行き先を知らないようだった。脱走した猫を捜すようなものだ。しょうがないから近所を歩いて回るしかない。一つだけ気になるのは、三神は出て行った時、財布を持っていなかったことだ。紙袋の大金も部屋に置いて行ったし、携帯電話も持っていない。どこでどう過ごしているのだろう。頼れる知り合いなんていたのだろうか？

愛とは駅で別れ、恵は自宅に向かった。愛は警察に行って話してくると言っていた。まだ中井と加藤は正体がばれたとは思っていないかもしれない。というのもあれだけ凝《こ》った名刺や本物のパンフレットを持ち出した奴らだ。まさか十万円程度の金のためにやったわけではないだろう。焼き肉をおごっているし、採算はとれていない。彼らの目的はあくまで三神基金として多くの寄付を奪うか、あるいは三神が開発した地雷撤去装置の受注金が狙いのはずだ。現に恵の部屋には五百万円という大金がある。詐欺犯たちは三神が金を持っているのを知っていて近づいたはずなのだから。

（あいつ、どこ行ったんだ）

三神の姿を捜し、近所の公園や漫画喫茶、カラオケルームなどを見て回った。三神の写真なんて持っていないので、探すのも一苦労だ。お金を持っていないとはいえ、あれだけの顔があれば逆ナンパでもしてどこかの女性の家に転がり込んでいることも考えられる。

悶々としつつ歩ける範囲であちこち見て回ったが、三神の姿は見つからない。隣の駅にある大きな公園をつぶさに見ても見つからなかったので、恵は疲れてベンチに腰を下ろした。

「あー。ちゃんと引き留めればよかった……」

自販機で買った缶コーヒーを飲み、恵はひどく後悔した。

出て行くならせいせいすると思って、追いかけることもしなかった。我ながら自分の冷たさに呆れ返り、反省した。三神のことを悪く言うが、自分も相当だ。考えてみれば、三神は三神なりに家事を手伝ったり、夜のお伺いを立てるようになったりと譲歩してくれていたのに、恵は感謝などこれっぽっちもしていなかった。

（俺……ひょっとして、すげぇ性格悪いんじゃ……）

自分の冷酷さにずーんと落ち込み、恵はうなだれた。性格がいいと思っていたわけではないが、三神には何をしてもいいと思い込んでいたのは確かだ。

「おっと」

スマホをチェックすると、愛から連絡が入っている。警察に行って詐欺に遭ったかもしれないという話をしたそうだ。これから警察が捜査してくれると言っている。こちらは問題ないだろう。三神がたとえ彼らの話に乗っていたとしても、今から警察の手が入るなら被害は少ないはずだ。

(まさか、彼らのところにいるんじゃ？)

ふと嫌な想像をしてしまい、ポケットに入れた財布から中井たちの偽名刺を取り出した。三神が彼らのもとにいたらまずいと思い、電話をかけてみる。コール音が空《むな》しく響き渡り、誰も出ない。仕方なく電話を切り、ため息をこぼす。ちょっと落ちつこう。よく考えたら三神はああいう輩のもとに駆け込むような性格はしていない。

何だか苛々してきて、無性に煙草が吸いたくなった。恵はベンチから離れ、自宅に向かって歩き出す。

(あいつ、どこいんだ。クソ、公園のベンチで寝てろ)

理不尽な文句を頭の中で呟き、恵は三神の姿を求めてさまよった。

自宅近くに来た恵は、今日はもう捜索を諦めようかと考えた。けれど何となくこのまま帰る気になれず、街灯の灯《とも》る道を進んでいく。

川岸のほうに向かって歩いていると、女子高生が二人、ひそひそ話しながらすれ違った。

「ねぇ、さっきのホームレス、三神に似てなかった？」

「そうだった？　見てないよ、怖いもん」

二人の話が耳に入り、恵は慌てて呼び止めた。うさんくさそうに恵を振り返った二人は、恵が真面目な口調で聞くと、三神に似ているホームレスについて教えてくれた。土手にいた男が最近テレビに出ている三神に似ていたのだそうだ。

「ありがとう」

女子高生に礼を言って、恵は急いで土手に向かった。遠くに行っていないと踏んだ通り、三神は近所の土手にいるらしい。近所を流れる大きな川の橋の下には、ホームレスが何人か住みついている。そのお仲間に入ったのかもしれない。

日も暮れて辺りは暗く、土手周辺はこの時間なら絶対に近づかない場所だ。薄暗い橋の下に段ボールハウスがいくつか並んでいる。一人寝ているホームレスがいたが、明らかに三神とは違う。女子高生の見た三神はどこだと捜していると、汚いコートを羽織った男がリヤカーを引いてこちらに歩いてくるのが目に入る。フードを被って顔が半分隠れているが、すぐに三神だと分かった。

「三神！」

恵がホッとして声を上げて駆け寄ると、リヤカーが止まり、リヤカーの後ろから悪臭を放った男がひょっこり顔を出した。全身黒く汚れた小柄な老人だ。

「恵……」

リヤカーを引いていたのは、やはり三神だった。フードを外した三神の目の前で止まった恵は、捜していたことを告げようとした。まさかホームレスになっていたとは。やっと見つかって、少し怒鳴りたい気持ちも湧《わ》き起こる。けれど悪臭が鼻について、恵は思わず息を止めて立ち止まった。老人も臭《にお》うが三神も臭い。おまけにリヤカーの上にいろんなゴミが積まれていて、得も言われぬ臭いを放っている。

「……こんなところで何をしているんだ。話があるから、とりあえず帰ってこい」

恵はハンカチで鼻を押さえながら、三神に言った。後ろにいた老人が三神の隣に立ち、リヤカーに手をかける。

「迎えが来たなら、お前さんは帰りなさい」

ぼそぼそとした声で老人に言われ、三神は老人に頭を下げて礼を言った。どうやら恵の家を出て行った後、このホームレスの老人に世話になっていたようだ。

「……」

老人から離れて恵のほうに来た三神は、気難しそうな顔をしていた。恵をじっとり睨み、猫背になって歩き出す。並んで歩いていると、やはり臭う。出て行って三日くらいしか経っていないはずだが、こんなに臭うなんて何をしてきたのだろうか。

「お前、いくらなんでもホームレスになることないだろ。金ならあるんだし、どこかホテル借りるとか」

喧嘩して出て行ったのはいいとして、その後、ホームレスとして暮らす理由が分からず、恵は低い声で詰った。三神の顔を見て安心したのもあって、文句を言いたくてたまらない。

「ここからなら恵のアパートが見えるから……」

返ってきた三神の答えがとんでもないものだったので、恵は絶句した。ここまでくると、筋金入りだ。もはやかける言葉も見つからず、恵は無言でアパートに戻った。

アパートに着くと、話の前にまずは風呂とばかりに、三神を浴室に押し込んだ。脱いだ衣服を手にとり、異臭の原因はこの汚いコートにあると気づいた。擦りガラス越しに三神に聞くと、あの老人にもらったのだそうだ。中に着ていた衣服は汚れているが臭うほどではない。恵はビニール袋にコートを突っ込むと、厳重に縛っておいた。やっと異臭から解放される。

風呂から出てきた三神は無精《ぶしょう》ひげも剃って、さっぱりとした顔になっていた。スウェットの上下を着て、お茶を淹れたテーブルにつく。三神は無言で恵を見つめ、お茶には手をつけず、あぐらを掻いた。その表情には期待と不安と苛立ちが入り混じっている。

どこから話すべきか迷いながら、恵はまず中井と加藤が詐欺だったという話をした。三神は驚いた様子もなく聞いている。

「愛ちゃんが今、警察に行って被害届出してる。お前も協力してやれよ。その様子じゃ、三神基金の話は進めてないんだな？」

三神の反応を見て、恵は安堵して聞いた。もし三神が彼らの話に乗っていたら、さすがに怒りを感じるはずだと思ったのだ。

「もとからやる気なかったし……。自分の名前利用されるのは好きじゃない」

三神はうつむいてぼそりと呟いた。恵は目を見開いて、三神を覗き込んだ。

「じゃあ何で話を聞きに行ったんだ？　……まさか、俺が会えばって言ったからか？」

答えを聞くのが恐ろしいと思いつつ、恵は低い声で尋ねた。三神は当然のように頷く。

「お前、どんだけ俺にイエスマンなんだよ。だったら母親にも連絡しろよ。佐緒里さん、わざわざうちに来たんだぞ」

顔を引き攣らせて恵が言うと、三神はびっくりしたのか顔を上げた。

「おふくろが……？　そのうち連絡しようと思っていた。ケータイ、ないし、電話代もなかったから」

三神が初めて申し訳なさそうな顔になった。そういう顔もできるんじゃないかと内心突っ込み、恵は佐緒里から聞いた話を伝えた。過去のことがほじくりかえされるかもしれない、と言うと三神は予想通りどうでもいいと言いたげな目になった。

「テレビ出るのもやめるし……。次から次へと頼まれて面倒になってたし……。報道番組だけに絞ってたけど、変な質問もされるからうぜぇっつうか……。谷村《たにむら》さんに頼まれたから出てたけど」

三神はぼそぼそとした声で感情を吐露《とろ》した。よくテレビに出るのを了承していたなと思っていたが、やはりあまり乗り気ではなかったらしい。谷村という男に出てくれと頼まれて仕方なく引き受けていたようだ。

「谷村って？」

初めて聞く名前に恵が首を傾げると、三神が遠い目をしながら答えた。

「お前に社会に役立つ人間になれって言われて、最初に目に入ったＮＰＯ法人の緑の会って団体に入った。そこで知り合ったのが谷村っておじさん。海外飛び回って地雷撤去することに命をかけてた。その人についていって、いろいろ教えてもらった。ちまちま地雷を探すのが面倒だったから、装置を開発したんだ。従来の装置じゃ高すぎるから、コスト抑えて……一応世話になったから、谷村さんにはきちんとしておきたい」

恵の知らない谷村について語る三神は、これまで恵が見たことのないまともなものだった。自分はずっと三神を壊れた部分を持った欠陥人間だと思っていた。人の情とか優しさ、思いやり、気遣いとはほど遠い自己中心的で、固執したものにしか興味を持てない異質な人間だと。

けれど谷村について語る三神は、ひどくまともで、自分は三神を誤解していたらしいと気づかされた。三神は問題は大いにあるが、それなりに成長して他人を認めることができるようになっている。さっきのホームレスだって、恵は目を背《そむ》けて通りすぎるのに、三神は対等につき合える。他人に対する差別的感情がないせいだ。

自分のほうが、実はぜんぜん成長していなかったのではないか……。

「……お前が俺を何とも思ってないことくらい、分かってる」

三神は唇を嚙みしめ、苦しい声で吐き出した。

「でもお前から離れられない。八年の間、離れてる時も怖かった。何も成果を上げずに会ったら、相手にもされないって分かっていたから、我慢できたんだ。我慢するだけで限界だった。だから会えた時には、お前が結婚してても、彼女がいても、ぶっ壊して奪おうと思ってた」

三神は相変わらずドン引きするようなことを口にしている。これさえなければいいのに、と恵は重苦しいため息をこぼした。

何だろう。自分でもよく分からないけれど、三神に対する意識がほんの少し変わった。

恵にとっての三神は狂犬そのもの、ともかく遠くに離れていたい嫌な存在だった。約束を守って戻ってきても、早く離れてくれないかとそればかり考えていた。

けれど今は、この男が妙に放っておけないというか、可愛げもあるんだなと気づいたというか、前ほど理解できない存在ではなくなっている。

「……三神、また海外を飛び回って、困ってる人たちを救ってこいよ」

恵は三神の目を見て、静かに告げた。三神の瞳が揺らぎ、傷ついたように顔が強張る。その顔を見ていると、苦笑しか出てこない。

「それで時々、戻ってこい。もうお前には根負けした。分かった、つき合ってやるよ。お前と恋人とか、寒気しかしないけど、受け入れる」

続けて恵の口から出た言葉に、三神が驚愕して震える。

「あのな、お前と毎日一緒を死ぬまで続けるのは絶対無理。でも半年に一度とか一年に一度戻ってくる分には、俺も受け入れられる。お前、長く一緒にいると怖いし。それで、どうだ？　もう俺からこれ以上の譲歩は無理だぞ。この辺で手を打っておけ」

およそ告白の答えとしてはありえない内容だが、恵はこれ以外の答えはないとして口にした。ここ数日出て行った三神のことを考えていた。いれば鬱陶しいが、いないと少しさみしい気もしたのだ。気のせいかもしれないし、実は心の底ではもう三神を許しているのかもしれない。何度も肌を重ねたせいで、情が移ったのかも。

三神は喜んでいいのか悲しむべきなのか分からないという顔で、ぶるぶるしている。

「せ、せめて三ヶ月に一度は戻ってきていいか……？」

三神は泣きそうな表情で言葉を絞り出す。

「うーん、……まぁいいよ」

三ヶ月に一度なら身体も壊れずにすみそうだ。恵が頷くと、三神がいきなり抱きついて、恵を床に押し倒してきた。

「恵……恵……、俺のことを好きだと言ってくれ」

三神は恵を見下ろし、懇願するように言った。その唇が震えるのを見て、恵は口を開いた。

……言葉が出てこない。

「恵！」

「ちょ、ちょっと待て。お前相手に好きとか、心の準備がいるだろ……」

この流れならてっきりセックスに流れ込むと思っていたのに、三神が言葉を欲しがるとは意外だった。好きなんて、たったの二文字だし、言ってあげようと思ったのに、無性に恥ずかしくて出てこない。

「恵、言ってくれ！　それを聞かないと、海外になんて行けない！　地雷で吹っ飛んで死んだら、どうするつもりだ！」

三神に肩を揺さぶられ、恵は「うー」と唸り声を上げて顔を逸らした。三神の下から這い出ようとすると、両頬を手で摑まれ、無理やり目を合わさせる。

「恵、早く。愛してる、俺を好きだって言え」

三神は焦れたように額をくっつけてくる。三神の熱気がすごくて、こちらにまで熱が伝染しそうだ。

「す……」

早く言って楽になろうと思ったのに、妙に照れくさくて言葉が出ない。三神は真剣な目で恵を凝視している。好きが言えないなんて、俺は中学生か。恵は自分に向かって突っ込みを入れ、はぁとため息をこぼした。

恵は手を伸ばして三神のうなじを引き寄せた。

三神の唇に自分の唇を押しつける。ちゅっと音を立てて唇が離れると、三神の顔が真っ赤になった。

恵から三神にキスをしたのは、これが初めてだ。

「わりぃ、やっぱ無理。これで勘弁しといて」

言葉より行為のほうが楽なんて、汚れた大人だなと思いつつ、恵は囁いた。三神にはてきめんに効いて、興奮したように唇がふさがれた。

「ん、ん、んーっ!!」

闇雲に口づけられ、恵は苦しくてもがいた。三神は理性を失ったように恵の唇を吸い、息を荒らげて恵の衣服をはぎ取ってくる。

「恵、恵、好きだ……っ、愛している……っ」

三神は恵の身体のあちこちに鬱血した証《あかし》を残し、うわごとのように繰り返した。めちゃくちゃなキスなのに腰に火がつき、恵は三神の髪をまさぐった。

三神は恵を全裸にすると、自らも着ていたスウェットと下着を脱ぎ捨てた。まだキスしかしていないのに三神の下腹部は興奮して反り返っている。

「三神、せめて布団敷いてくれ……」

諦めモードで乳首に吸いついてくる三神に言ってみたが、案の定無視された。硬い床の上で行為に至るのは心もとないのだが、三神は布団を敷く時間すら待てないようだった。

三神は恵の乳首をきつく吸い上げつつ、恵の性器を扱いてくる。性急な愛撫に身体が熱を持ち、切ない吐息がこぼれた。三神の手は恵の性器が半勃《だ》ちになると、尻のほうに回り、揉みしだくようにする。

「ん……」

はざまに指が滑り、恵は三神の背中に手を回しながら呻いた。乳首から唇を離し、三神は恵の唇を貪る。濡れた唇が開いて長い舌が恵の口内に潜り込み、舌や歯を触っていった。キスはいつもなら嫌

がるが、今日は嫌じゃなかったので恵も応えた。三神の唇を吸い、舌を絡める。三神はますます興奮したように息を荒らげた。

「あんま、がっつくなよ……。何度もやってるのに」

ふーふー息を吐いた三神が肩を軽く嚙んできて、恵は顔を顰めて仰け反った。三神は荒ぶる心を抑えきれないように、恵の身体を甘嚙みしてくる。時々力が入りすぎて痛いほどだ。

「恵……恵……」

恵の胸元を唾液でべとべとにして、三神は頰を擦りつけてきた。その頭が下に行き、恵の性器を美味そうにしゃぶる。すぼめた唇で性器を吸われ、恵は甘い声を上げた。三神は口で恵の性器を上下しながら、太もものつけ根や袋を愛撫する。

「もー……、すぐイっちゃうから、それ……」

恵は床に横たわり、腰をひくつかせて囁いた。三神に口でされると、かなり気持ちよくてあっという間にイかされてしまう。恵の反応を見ながら、感じる場所をしつこく舌で弄るので、我慢できなくなるのだ。

「ひゃ……っ」

ふいに両足を持ち上げられたと思う間もなく、三神が恵の尻のはざまに顔を突っ込んできた。三神は尻のすぼみに舌を這わせる。汚いから嫌だといつも言っているのに、一度も聞いてくれたことはない。

「ひ……ぁ、あ……」

三神の舌がすぼみを辿るたび、ぞくぞくと得体の知れない寒気が走る。足が勝手にひくんと動くし、恥ずかしくて顔も熱くなる。恵にはそんな行為は絶対にできないが、三神は恵のあらぬ場所を舐めるのが好きなようで、熱心に愛撫をする。

「ん……っ、う……」

ぴちゃぴちゃと三神の舌の音が響き、恵は目を閉じて口を押さえた。三神は恵の足を広げ、尖らせた舌で恵の穴の中に無理やり潜り込もうとする。舌先が襞《ひだ》に触れると、恵も呼吸が速まる。本当はローションでやってほしいのに、三神は口ですることにこだわる。

「はぁ……、はぁ……、恵、ここ、気持ちいい……？」

三神の舌で柔らかくなったそこに、指が入れられた。三神の長く太い指が内部をぐりっと探ってくる。恵は腰をびくりとさせ、はぁはぁと息をこぼした。

「全部食っちまいたいくらい……、愛《いと》おしい……」

三神は甘い言葉を吐きながら、二本の指で内部をかき乱し、性器をまた銜える。

「ん……っ、あ、あ……っ」

中を弄るのと同時に性器を舐められると、抗《あらが》えない快楽の波に流される。勃起した性器がひくつき、先走りの汁があふれる。三神は恵の内部で感じる場所をよく知っていて、二本の指で重点的にそこを責める。

「も……っ、イく」

恵が潤んだ眼差しで三神を見ると、空いた手ですかさず根元を握られる。

「もう少し我慢しろ……、まだ奥が解《ほぐ》れてない」

三神に射精を止められて、恵は乱れた息を上げた。三神は性器の先端を舌で刺激しつつ、内部に入れた指をずぼずぼと出し入れする。

「や……っ、あっ、あっ、あっ、イ……かせて、三神っ」

激しい愛撫に引っくり返った声が上がり、恵は身悶えして頼んだ。それでも三神は根元をきつく握り、恵に射精を許さない。行き場のない快楽が身の内に溜まり、恵は腰をびくびくと震わせた。

「あ……っ、あ……っ、ひ、あ……っ」

恵の嬌声が室内に響き渡る。イきたいのにイけなくて、恵は三神の頭をぐしゃぐしゃにした。三神はあふれ出る蜜を口で吸い、奥に入れた指で内壁を広げる。かーっと腰が熱くなり、奥に銜え込んだ三神の指を締めつける。

「すごい、きゅーって締まった……。今、分かる？」

三神が性器から口を離し、濡れた唇を舐めて恵を揶揄した。内壁が勝手に動くのを止められず、恵は頬を赤らめた。両足で三神を挟み、呼吸を荒らげて睨みつける。

「もういいから、入れろって……」

恵が上擦った声で言うと、三神が痛みをこらえるような顔になった。三神は恵の内部から指を引き抜き、恵をうつ伏せにさせる。

「感じすぎて、痛ぇ……」

三神ははぁはぁと息を喘がせ、恵を背後から抱きしめてきた。硬く反り返った性器が恵の尻のはざまを滑る。それが入ってくるところを想像し、恵は全身が熱くなった。鼓動《こどう》が激しく鳴り、乱れた息を整えるので精一杯だ。

「入れるぞ……」

三神が恵の尻の穴に、ガチガチに硬くなった性器の先端を押しつけてきた。ずぶりと先端の張った部分が穴に差し込まれる。いつもより大きくなったモノが恵の内部にめり込んできた。恵は苦しさを覚え、前に逃げるようにした。すると三神がそれを許さず、腰を引き寄せる。

「ひ、あ、あ……、はぁ……っ、はぁ……っ」

ぐぐ、と太いモノが恵の中に入ってきた。熱くて硬くて、どくどくと息づいたそれは、三神の激しい呼吸と連動するように、どんどん奥へ潜ってくる。目がちかちかして、いつの間にか全身が汗ばんでいた。

「やぁ、ああ……っ、あ……っ」

最後は一気に押し込むように突き上げられ、恵は大きく仰け反った後、ぐったりして力を抜いた。

「恵……、恵……」

恵の中に根元まで押し込むと、三神が感極まったように恵を後ろから抱きしめてきた。恵の背中に三神がぴったりと密着してくる。

「好きだ……、俺のものだ……、誰にも渡さない……」

三神は上擦った声で呟き、恵の耳朶に唇を寄せる。恵が振り返ると、三神は首を捻《ね》じ曲げて恵の唇を舐めてきた。三神の声が濡れていて、恵はびっくりして目を丸くした。

「お前……泣いてんの？」

三神の鼻をすする音が聞こえて、恵は唖然として聞いた。三神は恵の肩に顔を埋め、恵の肩を濡らしてくる。何で正常位で入れないんだろうと不思議に感じていたが、まさか泣き顔を見られたくなかったのだろうか。そんなに嬉しかったのかと微笑む反面、とんでもないことをしてしまったのではないだろうかとドキドキした。この先好きな女性ができたらどうしよう。三神は絶対別れてくれない気がする。

「馬鹿だな……」

三神の頭を軽く撫でて、恵は苦笑した。先のことは分からないが、今は三神が可愛く見える。深く考えるのはやめようと思い、恵は腰を軽く揺さぶった。三神が甘く呻く。

「動けよ……、もう我慢できない」

恵が囁くと、三神は即座に腰を突き上げてきた。太くて硬いモノが内部を擦る。カリの部分が前立腺を突くと、恵はぞくぞくっとした甘い痺れを感じて床に手をついて腰を上げた。

「あっ、あっ、あっ、ひ、ンッ」

三神は上半身を起こして恵の腰を支えると、激しく腰を突き上げ始める。浅い部分を断続的に突かれ、恵は甲高い声を上げた。内部が摩擦でひどく熱くなっている。肉を打つ音が耳から恵を辱《はずかし》めた。男に犯されて喘いでいる自分の姿は、恥ずかしいと思う一方で強烈な快楽を与えてくる。

「恵……っ、中、すごくいい……っ、中に出していい……？」

三神は腰を揺さぶりながら、かすれた声で言う。三神の性器はしだいに奥へ、奥へと突いてくる。

「馬鹿、ちゃんと外に……、ぁっ、あ……っ、ひぁああ……っ!!」

中に出すなと言いたかったのだが、途中から激しく突き上げられて言葉が続かなかった。抗いきれない熱い塊《かたまり》が全身を襲い、気づいたら射精していた。慌てて手で受け止めたが、我慢していた分、精液はすごい勢いで飛び出した。絶頂に達した瞬間、銜え込んだ三神の性器もきつく締め上げたせいか、三神が背中に抱きつきながら深い奥で射精をした。

「うっ、くぅ……、う……、はー……っ、はー……っ」

三神は溜めていた息を吐きだすようにして、恵の内部に熱い液体を注ぎ込んでくる。それを咎《とが》めたかったが、射精直後の脱力感に襲われ、恵は床にぐたっとなった。三神が濡れた性器を引き抜く。

「はぁ……っ、はぁ……っ、ぁ……っ」

恵は床に転がって全力疾走をした後のように呼吸を繰り返した。また出されてしまった。尻の穴から液体がどろっと出てくるのが分かる。床を汚したくなくて恵が身じろぐと、三神が恵の身体を仰向けにした。

「え、ちょ……っ」

三神は恵の足を広げ、再び性器を押し込んでくる。今イったばかりだろ、と文句を言いたかったが、三神はおかまいなしで恵の奥深くにまだ硬度を持ったモノを埋め込んできた。

「ぜんぜん萎《な》えない……、今日は何度でもイけそう……」

三神は恐ろしいことを呟き、恵の足を押さえ込んで腰を律動してきた。少し休みたかったのに間髪容れず、内部を突き上げられて、恵は悲鳴のような嬌声を上げた。

「ひぁ……っ、や……っ、み、三神……っ、今、駄目ぇ……っ」

熱くなっている場所に再び激しく性器を出し入れされ、恵は女性のような甘ったるい声を上げた。深い奥をごりごりとされるたび、恵の腰に甘い電流が走って、甲高い声がひっきりなしにこぼれる。

「中、すげぇ……っ、とろとろだ……」

三神はさっき出したのが嘘のように、恵の内部を激しく責め立てる。感じたことのないような快楽を覚え、恵は怖くなって逃げようとした。けれど三神はそれを許さず、恵の腰をがっちり抱え込んで、めちゃくちゃに奥を突き上げてくる。

「ひ、あああ……っ、あー……っ、あー……っ」

怖いくらい中が気持ちよくて、恵は仰け反って喘ぎまくった。内部はぐずぐずに蕩けて、三神が腰を穿《うが》つたび、全身がひくひくした。出していないのに、まるでずっと射精しているような感じ方だった。

「恵……っ、恵……っ」

三神が腰を動かすごとに、ぐちゃぐちゃという濡れた音がする。三神が屈《かが》み込んで恵の唇を貪ってきた。乳首をぎゅっと摘まれ、深い奥に入れた性器をぐりぐりと動かす。

「……っ、……っ、ひぁあああっ!!」

口をふさがれて声が出せず、恵は苦しくて三神から顔を逸らした。とたんに意地悪するように腰を絶え間なく突き上げられた。その瞬間、つま先から脳まで甘い電流が走り、恵は大きく仰け反った。

「う、あ……っ、くぅ……っ」

恵が絶頂に達した直後、三神が慌てたような声を出して恵の内部に精液を吐き出してきた。目がちかちかして、生理的な涙で目が濡れている。恵は達したのに、まだひくひく震えていて、三神が乳首に触れるとびくんと身体を跳ね上げた。

「射精してないのに、イった……？　すげぇ、ドライって奴？　うっく、まだ締めつけてる……、気持ちぃー……」

三神が恵の性器に触れて、興奮した声を出した。恵はまだ激しい快楽の中にいて、内部にいた三神を時おり締めつけていた。こんな快感、初めてだ。恵は汗びっしょりになった身体を投げ出した。

数日後、テレビのワイドショーで三神の姿を見た。

会社の休憩時間に見たのだが、三神は少し前に発売された写真週刊誌のことで記者に囲まれていた。過去に警察に捕まったことや高校生の時に素行が悪かったことなどについて、記者たちは興味津々で三神にマイクを向けている。

『すべて本当のことです。僕を救ってくれたのは谷村さんという素晴らしい方です』

画面の向こうで三神は落ち着いた声で質問に答えている。

記者なんか無視するという三神を、それよりは美談にすべきと説き伏せたのは恵だ。こういうのは逃げると余計に変に書き立てられる。谷村という男に救われたのは事実なのだから、それを大々的に言って、昔は悪だった男が更生して立派になったという展開に持っていった。

世間は三神の発言を聞き、恵の思った通りの反応を示した。今は立派になった三神に好感度を上げたのだ。この後芸能界入りするなら反発も招くだろうが、三神は来週から谷村たちと一緒に発展途上国に行き、貧しい子たちを救う活動をしてくる。

テレビに映る男前な三神を見て恵はため息をこぼした。

今、恵の家にいる三神は、別人と思うほどに「行きたくない」と子どもみたいにごねている。恵と別れるのが嫌でたまらないのだそうだ。しかし約束は約束だ。大体、恵が受け入れてからというもの、セックスに拍車がかかり、こちらの身体が持たない。三神はセックス依存症かもしれないと思うくらい、毎晩求めてくるのが困りものだ。

「仕事、やれなくて正解だったんですかねー」

テレビを見ながら柴崎ががっかりした様子で呟いた。三神の写真週刊誌の報道を知り、上司は上木にしてよかったと恵の肩を叩いた。いろんな意味で、三神と仕事なんてしたくないので、柴崎が今後忘れてくれるのを祈るばかりだ。

愛は結局三神と一緒にまた海外に飛ぶらしい。三神は迷惑そうだった。ふつうなら浮気を疑うところだが、三神に関してはその心配はないだろう。むしろ浮気の一つでもしてくれたら、恵の身体も楽になるのに。

その日の夜、仕事が終わった後、恵は人と会う予定があって会社から一駅離れたカフェに向かった。谷村から会いたいと言われて、会うことになったのだ。どんな人かとあれこれ想像して待っていると、黒縁メガネに白髪混じりのプロレスラーみたいにがたいがいい中年男性が現れた。谷村は一言で言えば変わり者だった。席に座るなりキャラメルマキアートとバナナパフェを注文して、べらべら喋り始めた。相槌を打つ暇もない、弾丸トークだ。

「いやぁ、君にずっとお会いしたかった。恭がこれほど思い詰めている相手なんで、こっちは勝手に想像しまくってたよ。今でもよく覚えている。高校生だったこの子が、触れれば怪我《けが》するぜみたいな尖った目をしてやってきて、てっとり早くボランティア活動で有名になるにはどうすればいいかってものすごく馬鹿な質問してきてさぁ。話にならないって皆言ってたけど、僕はこの有り余ったエネルギーをいい方向に向ければひとかどの人物になれると踏んでいたんだ。僕の目に狂いはなかっただろ？　恭は頭がいいけど、ちょっとお馬鹿なんだ。馬鹿とハサミは使いようってわけさ」

谷村は陽気な声で喋り続けるだけでなく、身振り手振りが大げさで、聞いていてとても疲れる。あの三神がちゃんとしたいと言っているくらいだから、もっと紳士っぽい人を想像していたのだが、ぜんぜん違った。

「恭はこんなに見た目はいいのに、無欲というか、君以外に興味がないのが困りものだ。せっかく素晴らしい発明をしてもプロデュース力に欠けるっていうかねぇ。だから僕は恭にテレビにどんどん出て、商品を広めさせたんだ。おかげで恭は特許だけで暮らしていけるほど潤った。これからノーギャラで働いてもらうから、礼は無用だよ。テレビの力はすごいよ。恭がいると、恭目当てでボランティア活動に参加しようって若者も増えてきているからね。人が増えればもっとすごいことができる。君もいつでも参加してくれたまえ。大丈夫、僕はホモに偏見なんてないよ、ある部族と知り合った時は、酋長に一夜の伽《とぎ》をさせられたくらいだからね」

谷村は大声で笑いながら恵の肩を叩く。気のせいか、ひどいことを言っているような気もするが、隣にいる三神は気にした様子もない。

忙しい人だというので話した時間はわずか一時間だけだが、その間、恵は一言二言しか口にしなかったくらい、谷村は延々と一人でお喋りをしていた。時計を見て、次の用事があると言って猛スピードでパフェと飲み物を腹に収めると、谷村は痛いほど恵の手を握りしめ、「恭をよろしく」と満面の笑みで去っていった。

「つ、疲れた……」

恵はテーブルに突っ伏して、呟いた。たった一時間なのに、仕事相手を接待した時と同じ疲労感を覚える。恵はすっかり冷めてしまったコーヒーに口をつけた。会いたいと言われて気が重いながらも会ったのだが、今は別の意味でぐったりしている。

「お前、よくああいう人とやっていけるな。うぜぇとか言いそうだけど」

恵は不思議に思って首を傾げた。隣で紅茶を飲んでいた三神は少し考えた後に、ぼそりと呟いた。

「喋らなくていいから楽なんだ。それに……あの人、口だけじゃなく、行動力もすごいから」

三神はそう言って谷村との思い出を語り始めた。どんな国の人と会っても、その国のしきたりに従い、決して嫌な顔をせずに友好を結ぶ。谷村は協調力が抜群に優れていて、武器を向けてきた相手とも和解できる話術を持っているのだそうだ。一時間話しただけでは恵にはそこまで分からなかったが、そういう人を見て過ごしたから三神も変わったのかなと感じた。

それに谷村は何度も三神を助けてくれたという。

「なんか、気のせいか……俺、公認の恋人っぽくなってないか」

自分は男が好きなわけでもないし、三神とは根負けしてつき合うことになっただけでまだ何の覚悟もできていないのだが、三神の母親からも認められてしまったし、恩師と呼ぶべき人や同僚にまで関係がばれている。

「え……」

恵の呟きに三神はぽっと顔を赤らめ、嬉しそうに笑った。

今のは嬉しがるような台詞ではなかったのだが、三神は気に入ったみたいだ。

「お前、あの金どうにかしてから出発しろよ？　邪魔なんだよ」

恵は壁に追いやられている紙袋を思い出して三神に言った。大金が入っていると思うと迂闊《うかつ》に移動できないし、泥棒にでも入られたら困る。三神は使っていいと言うが、勝手に使えるものではない。

「じゃあできたら、あれでベッドを買ってくれ。俺はセックスするならベッドのほうが好きだ」

三神は飲んでいたコーヒーを噴き出しそうなことを言いだす。周囲に人がいなかったからいいようなものの、こんなの誰かに聞かれたら大ごとだ。昔は不良で、更生してボランティア活動家、そしてゲイなんて、世間はどう評価していいか迷ってしまう。

「あの狭い部屋にベッドが置けるわけないだろ」

三神がいるだけで狭苦しくなっているのに、この上ベッドなんて入れたくない。恵が頬杖をついて軽く睨むと、三神は視線を泳がせて口を開いた。

「じゃあもっと広い部屋に引っ越すとか……。あの金、使っていいし」

三神はさりげなく同居の件を持ち出してくる。恵が黙って見つめ返すと、引っ越し代も出すし、家賃も出すし、何なら買ってもいいとまくし立ててきた。不動産屋に行って契約まで交わしてしまったら、それこそ逃げられなくなる気がする。

くどいようだが、恵としては仕方なくこの関係を受け入れているだけだ。

いつか好きな女性ができたら三神を捨てて、世帯を持とうと考えている。今のところそんな女性が現れる様子はないが、そのうち出会いがあると信じている。たとえ三神との行為が日に日に心地よくなっていようと、まだ希望は捨てていない。

こんなしつこい男に愛されたくなかった。

自分にだって自由に人とつき合う権利があったはずなのだ。

「分かった。そんじゃ勝手に使っておくから」

恵はふっと微笑んでコーヒーに口をつけた。三神が濡れた目で恵に顔を寄せる。キスしようとしてきた三神の顔を押し返し、恵はテーブルの下で三神の足を蹴飛ばした。こんな公共の場で何をしようとしているんだ、この男は。

――愛されたくはなかったけれど、こういう愛の形があってもいいかと今は恵も思っている。不格好でいびつな形でも、愛は愛だろう。

早く家に帰ろうと急き立てる三神を見やり、恵は苦笑して伝票を手にとった。

あとがき

こんにちは&はじめまして。夜光花《やこうはな》です。

「愛されたくない」をお手にとっていただきありがとうございます。前半部分は2008年に雑誌に掲載されたものです。当時から新書に、という話はあったのですが、なんだかんだと手をつけないままとうとう七年たって日の目を拝むことになりました。

いやぁもう……七年前の作品を再び読むのはとても恐ろしかったです。何を書いたか覚えてなくて……読み返したらちょっと今より面白いんじゃとか思ったりして別の意味で冷や汗でした。変わってないつもりでも、七年も経つといろんなものが変わるものなのですね。

というわけで前半部分はいいのですが、新書にするための後半部分は年月が経っているので、この二人じゃないと思われないか心配です。別のキャラの話にしようかとも思ったのですが、やはり完全にくっついているわけじゃない二人を完結させる必要があるのではないかと。

三神《みかみ》の執念があれば、死ぬまで添い遂げられそうですね。とりあえずこうして本にすることができてよかったです。

あとがき

イラストを担当してくださいました佐々木久美子《ささきくみこ》先生。雑誌掲載から同じイラストレーターさんに描いてもらえてものすごく嬉しいです。今回表紙が変わった感じで、超お気に入りです。こういうの初めて！　タイトルのロゴの入り方も可愛くて見ていて飽きません。本文の絵も三神はかっこよく恵《めぐみ》は恵らしいキャラで、どの絵も大好きです。お忙しい中、本当にありがとうございました。感激です。

担当さま。いろいろありがとうございます。無事本ができて嬉しいです。

読んで下さった皆さま。雑誌掲載を読んだことのある方も、初めて読む方も、楽しんでいただけたら幸いです。感想などありましたらぜひお聞かせ下さい。

ではではまた。別の本で出会えるのを願って。

夜光花

初出

愛されたくない	2008年小説リンクス4月号「愛されたくない」を加筆修正
愛されたくない2	書き下ろし

リアルライフゲーム

夜光 花
イラスト：**海老原由里**

本体価格855 円+税

華麗な美貌の佳宏は、八年ぶりに幼馴染みの平良と再会する。学生時代は友人の透矢、翔太の四人でよく遊んでいた。久しぶりに皆で集まりゲームをしようとの平良の提案で四人は集まるが、佳宏は用意されたものを見て愕然とする。そのゲームは、マスの指示をリアルに行う人生ゲームだったのだ。しかもゲームを進めるにつれ、シールで隠されたマスにはとんでもない指令が書かれていることを知り…。

指令・隣の人とセックス——。

リンクスロマンス大好評発売中

忘れないでいてくれ

わすれないでいてくれ

夜光 花
イラスト：**朝南かつみ**

本体855 円+税

他人の記憶を覗き、消す能力を持つ清廉な美貌の守屋清涼。見た目に反して豪放磊落な性格の清涼は、その能力を活かして生計を立てていた。そんなある日、ヤクザのような目つきの鋭い秦野という刑事が突然現れる。清涼は重要な事件を目撃した女性の記憶を消したと詰られ脅されるが、仕返しに秦野の記憶を覗き、彼のトラウマを指摘してしまう。しかし、逆に激昂した秦野は、清涼を無理矢理押し倒し、蹂躙してきて——。

サクラ咲く《さくらさく》

夜光 花

本体価格855円+税

高校生の頃、三カ月の間行方不明となり、その間の記憶を無くしてしまった早乙女怜士。明るかった性格から一変し、殻に閉じこもるようになった怜士の前に中学時代に憧れ、想いを寄せていた花吹雪先輩――櫻木と再会する。

ある事件をきっかけに、怜士は櫻木と同居することになるが…。

リンクスロマンス大好評発売中

蒼穹の剣士と漆黒の騎士《そうきゅうのけんしとしっこくのきし》

夜光 花

イラスト：**山岸ほくと**

本体855円+税

翼を持ち空を自由に駆け回る、鳥人族の長・ユーゴ。国との協定により、騎士たちとともに敵と闘うユーゴは、いつも自分を睨んでくる騎士・狼炎のことを忌々しく思っていた。だが、実は狼炎の部族では、ユーゴのような容姿の鳥人間を神と崇めており、彼には恋心を抱かれていたことを知って驚愕する。ぎくしゃくとした空気の中、ある事情からユーゴは狼男に媚薬を貰わなければならず…。

花と情熱のエトランゼ

はなとじょうねつのエトランゼ

桐嶋リッカ
イラスト：**カズアキ**
本体価格870円+税

聖グロリア学院に通うヴァンパイア・篠原悠生は、突如発動した桁外れの能力を買われ、エリートが集う「アカデミー」へ入れられることになる。そこで、魔族と獣の合成獣・クロードと出会った悠生は、ある日突然、クロードとの子供をつくるため彼に抱かれるよう、アカデミーに命じられる。悠生が選ばれたのは、半陰陽という体質のほか、ある条件を満たしているためだと聞かされるが…。

リンクスロマンス大好評発売中

追憶の爪痕

ついおくのつめあと

柚月 笙
イラスト：**幸村佳苗**
本体870円+税

内科医の早瀬充樹は、三年前姿を消した元恋人の露木孝弘が忘れられずにいた。そのため、同じ病院で働く外科医長の神埼から想いを告げられるも、その気持ちにはっきり応えることができなかった。そんな時、早瀬が働く病院に露木が患者として緊急搬送されてくる。血気盛んで誰もが憧れる優秀な外科医だった露木だが、運び込まれた彼に当時の面影はなく、さらに一緒に暮らしているという女性が付き添っていた…。予期せぬ邂逅に動揺する早瀬を、露木は「昔のことは忘れた」と冷たく突き放す。神埼の優しさに早瀬の心は揺れ動くが、どうしても露木への想いを断ち切れず…。

LYNX ROMANCE イラストレーター募集

リンクスロマンスでは、イラストレーターを随時募集いたします。

リンクスロマンスから任意の作品を選び、作品に合わせた
模写ではないオリジナルのイラスト（下記各1点以上）を描いてご応募ください。
モノクロイラストは、新書の挿絵箇所以外でも構いませんので、
好きなシーンを選んで描いてください。

1 表紙用カラーイラスト

2 モノクロイラスト（人物全身・背景の入ったもの）

3 モノクロイラスト（人物アップ）

4 モノクロイラスト（キス・Hシーン）

募集要項

＜応募資格＞

年齢・性別・プロ・アマ問いません。

＜原稿のサイズおよび形式＞

◆Ａ４またはＢ４サイズの市販の原稿用紙を使用してください。
◆データ原稿の場合は、Photoshop（Ver.5.0 以降）形式でＣＤ－Ｒに保存し、
出力見本をつけてご応募ください。

＜応募上の注意＞

◆応募イラストの元としたリンクスロマンスのタイトル、
あなたの住所、氏名、ペンネーム、年齢、電話番号、メールアドレス、
投稿歴、受賞歴を記載した紙を添付してください（書式自由）。
◆作品返却を希望する場合は、応募封筒の表に「返却希望」と明記し、
返却希望先の住所・氏名を記入して
返送分の切手を貼った返信用封筒を同封してください。

＜採用のお知らせ＞

◆採用の場合のみ、６カ月以内に編集部よりご連絡いたします。
◆選考に関するお電話やメールでのお問い合わせはご遠慮ください。

宛先

〒151-0051 東京都渋谷区千駄ヶ谷 4－9－7
株式会社　幻冬舎コミックス
「リンクスロマンス　イラストレーター募集」係

この本を読んでの
ご意見・ご感想を
お寄せ下さい。

〒151-0051
東京都渋谷区千駄ヶ谷4-9-7
(株)幻冬舎コミックス　リンクス編集部
「夜光《やこう》 花《はな》先生」係／「佐々木久美子《ささきくみこ》先生」係

リンクス ロマンス

愛されたくない

2015年3月31日　第1刷発行

著者……………夜光《やこう》 花《はな》
発行人…………伊藤嘉彦
発行元…………株式会社　幻冬舎コミックス
〒151-0051　東京都渋谷区千駄ヶ谷4-9-7
TEL 03-5411-6431（編集）
発売元…………株式会社　幻冬舎
〒151-0051　東京都渋谷区千駄ヶ谷4-9-7
TEL 03-5411-6222（営業）
振替00120-8-767643
印刷・製本所…株式会社　光邦
検印廃止

ISBN978-4-344-83403-3 C0293
Printed in Japan

幻冬舎コミックスホームページ　http://www.gentosha-comics.net